长长的秘密

吕舒怀 著

源德公寓疑案

华龄出版社
HUALING PRESS

有 态 度 的 阅 读

小马过河（天津）文化传播有限公司

清理舅舅秦少明的遗物时，我发现一张发黄的旧报纸——《现世报》，日期为民国三十四年（1945年）9月5日。头版的一篇文章被毛笔画个红框框圈住了，这篇文章题目为《南市大杂院发生红绣鞋凶案，著名侦探专家密查案犯踪迹》，署名为郑淮海。郑淮海和舅舅既是大学同学又是密友。

小时候，我常听我妈提起过那桩血案（其实也是我姥姥讲给她听的）。那桩血案发生在南市源德公寓2号院。2号院三层楼，呈长方形，四周的房屋形态像棺材，每层楼由天桥连接。属于典型的大杂院，住着百户人家，像口琴孔般家家户户的小屋紧紧相挨。中间直通一楼底的天井，幽深如深井。大杂院那些女人们的丈夫在外边找饭辙，而她们则居家看孩子、做饭，晚上伺候丈夫睡觉，日子过得平静且悠闲。

1937年，北平爆发“卢沟桥”事变，天津紧跟着沦陷。战争把人们推入苦难的深渊。人们苦熬了8年，终于盼到抗战胜利，可重享和平的日子没多久，2号院血案便凭空而起，一下子打乱了大杂院平静的生活；而且这一血案把女人们全卷了进去。

我妈说她娘家历代经商，家产丰裕。我姥爷买下了源德公寓用于出租。姥爷过世后，我姥姥继承房产当房东，靠租金优渥地生活。她住在1号院，1号院属于独门独院，规模较小。姥姥同时占据2号院其中最大的一间房，大约三十多平方米，院里只有四间类似房间，居大院四角。我舅舅不随姥姥住，他在永安大街珍德公寓开房，办了家私人侦探所。几年前他任一区警察局局长，人脉广，黑白两道通吃，舅舅参与了“红绣鞋案件”全过程。

我啰啰唆唆说的这些，算是为故事讲述做个铺垫。

目录

第一章

1

1945 年农历八月的一天。吃过晚晌饭不久，源德公寓 2 号大杂院的人们隐约听见胡同外鞭炮齐鸣，锣鼓喧天，欢声如潮。就在大家正纳闷的当口儿，七婶站在一楼天井里，一手掐腰一手挥舞，扯着脖子喊:“大伙儿听好喽，电匣子播得真真儿的，小日本在美国大火轮（船）上签字降服啦，抗战得胜啦！我的妈耶，可盼到今天喽！往后咱们可以大米、白面随便吃啦！上边叫家家户户全出去庆祝哇！”

闻信，大杂院里的人们纷纷涌出家门，携老挈幼地奔出胡同、跑向大街，融入汹涌喧嚣的人群。受尽了欺压屈辱的人们，此刻将积压在心头的愤懑统统发泄出来，欢呼雀跃，喜极而泣。几个半大小子拿砖头砸着一家紧紧闭户的日本大烟馆，边骂边砸，围观的大人拍手叫好。

十一点多钟光景，七婶独自折返大杂院。院里灯光全熄，无一丝光亮，唯有天井黝黑，寂然无声，稀薄的月光星星点点地洒落下来，显得十分怪异且清冷。她猛然哆嗦一下，打了个寒战，一种本能感觉有什么不对劲儿，无意间抬头，发现三楼天桥影影绰绰地吊了个女人，再细瞧，女人穿着粉白色长袍睡衣，垂发掩面，麻绳一头系着女人脖颈，一头拴着天桥的栏杆……顿时，七婶汗毛倒竖，吓瘫于地。片刻，她艰难地爬起来，疯了般向外跑，连哭带喊：“出大事儿啦，救命呀，大院里有吊死鬼儿……”

迎头碰见正返回大院的人们，大家随七婶心惊胆战地奔进天井，一个邻居认出了上吊女人：“哟，那不是唱评戏的覃姨吗？”几个老爷们儿壮着胆子，上了三楼，解下绳子，把覃姨放了下来，此时覃姨已经彻底凉了。七婶张罗着将覃姨抬回家，安放在床板上，用被单覆盖住全身。

此时院里的所有人再无睡意，围拢一块儿七嘴八舌地悄声议论着：“覃姨活得好好的，干吗寻死啊？”“多漂亮的人儿，三十多岁的年纪，正是鲜花开得最艳的时候，这说走就走了。”“覃姨孤苦伶仃一个人来一个人去，着实太可怜呀。”

七婶镇定许多，她必须镇定，因为她是副保长，是大杂院的头头儿。她冲大家喊：“全回屋歇着，赶明儿我请警察查案。”

众人各自回了屋。天井静默下来，七婶连跑带颠儿地奔进家，倒插门关严，不放心地隔窗户朝外张望。躺凉席上的爷们儿斜眼老贾嘟哝道：

“甭瞅啦。覃姨死得不明不白的，说不定含冤而死，冤死鬼天上不收，进不了地府，时不时会在大院里飘来荡去。”

一番话吓得七婶缩回脑袋，拉紧窗帘。忽闻天井里一阵“啪嗒啪嗒”的脚步响，七婶“噌”地蹿上床，扎进老贾怀中不停打战。斜眼老贾推开她，说：“大热天的你黏糊我干吗呀？没闹鬼。那是霞姑的二虎收了煎饼馃子摊儿回院子。”

此夜，大杂院里家家灯光通明。

次日清早，七婶红肿着眼泡，同爷们儿斜眼老贾一起搬着八仙桌子和俩凳子放在天井。斜眼老贾在永安大街开家杂货铺，他得去卸门板营业，提前走了。

七婶生炉子烧水，用高沫沏了一壶酽茶放在桌上，然后跷着二郎腿坐着，点了根烟卷抽了起来，专等警长孙春英到来。

在玉清池澡堂子前摆“大碗茶”的霞姑领着

四闺女大梅走下楼梯，靠近来顺手抓了一把茶叶，说着便宜话："七婶呀，我借你点儿茶叶使使。摆茶摊儿我用茶砖，今儿拿你的高沫儿沏，叫那些喝茶的常客尝尝鲜儿。"七婶老大不高兴："你摆摊儿挣钱用我的茶叶，小算盘打得精。"霞姑嘴不饶人："七婶呀，当我不知道，你的茶叶不是大家伙凑钱买的？里头有我一份呐。"言罢，拽大梅匆匆走出院门。

将近晌午，警长孙春英带名警员晃荡荡踏进大院。七婶跳起来，迎上前，满脸赔笑地说："小孙呀，你可来啦。我们院子出了大事儿。先抽烟、喝茶，歇歇气儿再办案。"孙春英接过七婶递的烟卷，放鼻尖嗅嗅，点着嘬一口，说："七婶，办案要紧。你立马带我俩到案发现场。"七婶指指天井，又指指三楼天桥，说："现场就这儿，昨夜个住二楼西北角的覃姨跑三楼上吊，人已经没气了，停尸她自个儿家。"孙春英闻言，惊掉了烟卷，"嘛玩儿死人大案呐？抓着凶手了吗？"七婶说："哪来的凶手，她兴许自个儿寻的短见。”孙春英教训起七婶：“您当副保长一个月二十块大洋，比我挣得多，不许胡编乱猜。你红口白牙愣说她自杀，真凭实据呢？断案拿贼得靠我们警察判断。”

“对对，孙警长，烦劳您到覃家查案断案。”

孙春英却一屁股坐凳子上，说：“幸亏我有先见之明，带了警法科警医小吴。这在从前叫仵作。这小伙子灵着呐。你领他去吧。”言罢，自己斟杯茶，慢条斯理抿起来。

不大工夫儿，天井一下子聚拢了很多人，远远站一堆儿伸头探脑、窃窃私语。等候两个多小时，警医小吴和七婶满头大汗返回，警医小吴向孙春英汇报：“死者覃淑芳，二十八岁，曾经为国光评剧团演员，现歇业在家。经验：死尸已被移动，现场遭到破坏。她死于昨晚七点至十二点之间，身无外伤，脖颈呈半圆勒痕。初步判断自杀可能性大。现场遗留死者红色绣花拖鞋两只，一只掉落天井，一只丢在后胡同；另外死者明显喝过大量烈酒，酒气今晨仍能闻到。此两种甚为可疑。”

晌午已过，孙春英起身冲众邻居说道：“瞧见没有，警察办案利索又细致，我赞同小吴警官判断，覃淑芳自杀无疑，你们街坊邻居的，念她孤身一人，大伙凑钱买棺材葬喽。我回警局复命结案。”七婶狐疑地问：“覃姨好么秧儿的，为啥自杀啊？另外，唱戏的嗓子是本钱，齁儿咸齁儿辣的全不行，喝酒更坏嗓子！覃姨一直都是滴酒不沾的，你断得准不准啊。”孙春英一脸不悦，说：“七婶呀，你纯属脱裤子放屁——多费一道手。女人自杀可能性多了，比如负债累累、恋爱受挫、情绪不稳定、一时想不开，等等。心情不好借酒浇愁呗，合情合理。对了，昨天是日本鬼子降服日，她为啥偏偏在全国庆祝胜利日的时候自杀？怎么着，对抗战胜利心怀不满而心生绝望？备不住属于政治事件呢。国民政府大员即将接手城市，首要惩办通敌分子、狗汉奸，我回去查查档案，覃淑芳是否存在通敌嫌疑。”

七婶见他越琢磨越悬乎，匆忙往他手心塞几张票子，说：“你断得准，覃姨光会唱戏，哪有本事通敌？她兴许真是一时想不开自杀。没别的。”

孙春英带小吴离开大杂院后，七婶疑虑重重，警察一群白吃饱。覃姨死得糊里糊涂，冤呐。冤死人的魂儿不散，真如爷们儿斜眼老贾所讲的那样，鬼魂整日里在大院游荡。那还了得，吓死人呐！必须另请高人，查明覃姨死因。

七婶思来想去，琢磨到我舅舅——私人侦探秦少明头上。

2

当天下午，七婶蹑手蹑脚地溜进源德公寓1号院，1号院属于独门独户的二层小楼，平时由我姥姥与女用温姨住。温姨住一楼，我姥姥住二楼。当时我姥姥正午睡，被七婶急促的敲门声惊醒，赶忙披衣下到一楼客厅。七婶哭丧着胖脸，央求道：“秦奶奶，您老行行好，请您家的秦神探出山吧。覃姨死得蹊跷，我总觉着她的魂儿在天井里晃来晃去的。咱瞧不着覃姨，她瞧着咱，撞一块儿那可活见鬼啦！”

姥姥答应很干脆：“行吧，明儿一早我也去 2 号院。”

我说过大杂院拢共有四间三十多平方米的大房间，全在一楼，分别把着四个角。装饰奢华，租金贵，一般穷人是租不起的。我姥姥占一间，平时她待在 1 号院，房子总空着；七婶占一间，把前门口；林太太占一间；剩下一间由去年搬进来的女人租住，房子旁边通后胡同，租金最贵。那女人独身，来历不明、长相特殊：棕红色头发，深凹眼，高鼻梁，白皮肤，像洋娘们儿，大杂院人们暗地里给她起外号“外国串儿”。

次日清早，我舅舅秦少明踏进姥姥家，七婶闻信儿屁颠颠地跑来。女用温姨沏两杯茶分别端到他们面前，舅舅犯矫情，说：“我饿肚子呢，空腹饮茶伤胃。”温姨立马下厨房热奶、煎蛋，被姥姥拦住：“先谈正事，晚吃会儿未尝不可。”

舅舅掏出烟斗抽，不放烟丝，不用煤油、打火机点，装样子。他装模作样地叼着烟斗，听着七婶讲述事情过程。七婶由于惊吓过度，前言不搭后语，连续讲了两遍，舅舅方听出点儿眉目来。七婶舒口气，情绪平息下来，说道：“覃淑芳好人呐，是唱评戏的名角儿。甭看她素常不愿搭理大院的娘们儿，人老实巴交哇，从不招谁惹谁，不爱记仇，咋无缘无故寻死？总得有个缘由吧？警察小孙那个王八蛋，人命关天的案子不上心，晃荡一圈儿愣说覃淑芳是想不开自杀的，这个结果我不接受，我不信。警医小吴查着她上吊时掉了两只红色儿绣花拖鞋，一只掉天井，另一只落在后胡同口。秦神探你断断，覃淑芳在三楼天桥吊死，跑后胡同干吗去？哦，魂儿跑去的？”

舅舅管温姨要张白纸，从上衣口袋掏出钢笔

往上面画，点头示意道："七婶，您接着讲。"

七婶得到神探认可，来了劲头儿，滔滔不绝讲起来："我猜你准扫听覃淑芳死前跟谁闹架。还真有。晌午前儿，煤铺的'赛李逵'给覃淑芳背一筐煤球送进屋，二楼的陶娘多嘴多舌甩闲话，数落'赛李逵'看人下菜碟儿，送煤一律倒门外过道，没见给哪家送煤送进屋，要不见人家年轻漂亮、趁钱，赶着巴结？搁平日，覃淑芳都不搭腔，昨天不知她怎么了，要不就是在外受了闲气，替'赛李逵'拔闯，冲出家对陶娘说：'如果你年轻漂亮，他给你把煤球送进屋、送上床。'陶娘哪是省油的灯啊，对着覃淑芳破口大骂，覃淑芳也不示弱，还嘴怼她，二人一直闹腾到晌午才被邻居们劝开。"

舅舅依旧在白纸上画不停，随口问："后来呢？"

七婶翻白眼琢磨半天："后来？后来经大伙儿一劝，都各自回屋了呗。哦，下午林太太、'外国串儿'前后脚地上覃淑芳家劝解。在大杂院数她们仨关系走的近。”

眼瞅七婶没词儿了，舅舅将画好的纸递给她：“七婶，我画了张大杂院各家住户位置图，您在每家分别填上姓甚名谁，这就算齐活了。”

七婶接手里，焦急地说：“神探大侄子，您千万抓紧。停尸已经一天半，按老例儿七天后出殡。真要一时半会儿破不了案，下不了葬，尸首得放臭喽。”

舅舅根本不理会七婶，冲温姨喊：“我的早餐呐？”

七婶自觉多余，疑疑惑惑地走出 1 号院。姥姥对舅舅说：“你搬回家住多好，一人待外边多业障。”

舅舅风扫残云般吃光早餐，用餐巾抹抹嘴头，说：“谢谢老娘，我乐意住外边，自由自在没人管。”

姥姥嗔怪道：“看你自由自在能到什么时候？！我托人给你找媳妇。我管不了你，让她管你。”

过午，姥姥独自迈进2号院，连串两家门。头一家是陶娘。

陶娘似乎预知姥姥的来意，关严房门，拉上窗帘，又扒窗缝朝外瞧了瞧。姥姥捂住鼻子，问："陶娘，你屋里嘛味儿？怪呛鼻子的。"

陶娘习惯把家捂得严严实实的，关门闭户不算，后窗糊了报纸，无一处透亮，黑乎乎像山洞。她年轻时守寡多年，人懒心也懒，没心思拾掇屋子，床上被窝常年不叠，地上尿桶不倒，桌上碗筷不洗涮，一股酸溜溜、臭烘烘气味儿打犄角旮旯冒出来。陶娘嘴不懒，逢人便吹胡她的前死鬼爷们儿当过大官，住三进四合院，丫鬟、用人十几口，吃山珍海味，穿绫罗绸缎，出门坐包月车，天天上戏园子看大戏。若非爷们儿先抽大烟、后吸白面儿败了家，掏虚了身子，末了冻死街头成了"倒卧儿"，她也不至于带着七岁的儿子"一尺二"下嫁拉胶皮的酒鬼爷们儿董锡贵，搬进源德公寓这种穷地方。大院人们从不信她，给她起外号“瞎话篓子”。

陶娘四十岁出头，风韵犹存，脸蛋粉嫩，手修长，印证她曾有过优裕的生活。她现任丈夫董锡贵拉胶皮，黑脸膛，身材魁梧，谈吐粗俗，远近闻名的大“酒鬼”。两个不同阶层的人凑一起，吵架拌嘴似家常便饭，高下不言则明。陶娘很强势，董锡贵常常被陶娘轰出家门，蹲在楼道边举着瓶白酒“咕嘟嘟”扬脖灌，然后站楼道逞酒劲儿骂海街。

陶娘犹如遭受莫大委屈，说：“秦奶奶，您算大院明眼人，那帮娘们儿看不透的事儿您看得透。我跟覃姨矫情两句，她至于上吊吗？瞎鬼！”

姥姥说：“按常理儿不至于。偏偏你俩晌午打架，晚上覃姨就寻了短见，太巧了不是？”

“寸劲儿嘛。”陶娘急赤白脸辩解，“咱大院历来的规矩：打架不揭短儿，打人不打脸。我倒骂了覃姨，但我讲口德，不揭覃姨臭底子，不讲犯歹话，她犯不着想不开。我嫁过大户人家当太太懂礼数，跟一个下九流的戏子较嘛真。可有一节，不怕没好事儿，就怕没好人。傍黑，林太太偷偷摸摸上覃姨家串门，嘀咕半天才出来。秦奶奶，大院娘们儿哪个不有点儿见不得亮的丑事，明着不讲，暗地里说可挡不住。林太太爱挑拨离间，哼，难怪覃姨末了就……”

姥姥沉吟片刻，喃喃道：“覃姨死得离奇，真的自杀吗？备不住被人害死的呢？”

陶娘撅起嘴，说：“拿不准。大院水深着呢，明面一团和气，背地里谁对谁都龇牙。林太太呀鬼难拿，凡事不做，懒得光长肥膘儿。爷们儿小程子在饭馆跑堂，愣比她小十来岁，家里那么趁钱？来路不明呀。其实林太太恨覃姨，俩人有过节。我懂规矩，不挑明。秦奶奶，大杂院属您资格老，您得主持公道，替我做主啊。”

姥姥见问不出什么，便说：“陶娘你先歇着，我再转悠转悠。”

姥姥辞别陶娘，敲响林太太的家门。

林太太三十来岁，矮个儿，虽然闲居在家，成天价描眉画脸、穿金戴银，活脱脱一个富贵人家少妇。她不明姥姥来意，热情地沏茶倒水，向姥姥显摆新入手的一枚碧绿的翡翠戒指：“房东奶奶，您老来得正巧，俺刚念叨您呐。”姥姥微笑：“念叨我做嘛？交房租差十多天，不急。”林太太亲昵地拉姥姥坐进床沿，说：“您老逗笑呐。咱大院数您心善、见识广，俺得了翡翠戒指，您老上法眼瞧个真假。”姥姥接过戒指，端详半天，说：“真，皇宫里的东西，哪儿淘换的？”林太太长脸笑开花：“瞒谁不能瞒您老。俺从‘外国串儿’手里买的，200 块钱。不要钞票非要现大洋。值不值？”姥姥肯定说：“那你占便宜啦，在中原公司买少说得翻两倍。”林太太喜不自胜，接手中把玩翡翠戒指：“‘外国串儿’家里趁货，珍珠翡翠、金银财宝装满小皮箱。您说她整天闲在家，咋藏着那么多稀罕宝贝？”姥姥纠正她：“甭总称呼人家外号，她有名有姓——苏洛娅小姐。”林太太讪笑：“咋不知道她叫啥，瞧她那模样儿，中不中、洋不洋的，说话‘叽叽嘎嘎’听不清，就忘了她的大名。”

姥姥直奔正题：“林太太，前天下午你去覃姨家劝架吗？”

林太太撇撇嘴：“俺哪有那份闲心？再说俺跟覃姨平时不对付，唱戏的角儿穷酸，凡人不理，干吗巴结她。‘外国串儿’，哦，苏洛娅小姐先去了吗，俺追了去，我为趁机会管苏洛娅套瓷儿，把戒指搞到手。”

“覃姨可有不正常的地方？”

“俺瞧不出来，覃姨光捂脸哭不搭腔。俺以为唱戏的能装，没往心里去，谁猜到她大半夜上吊了。”

“苏洛娅对覃姨说了些嘛？”

“俺半截儿进的屋，听个后尾儿。好像提到了住三楼谷二姐，也没嘛。”

姥姥问：“覃姨爱穿双红绣花鞋？”

“可不嘛，”林太太说：“南方人讲究，红缎子面绣着花，好看极啦。”

姥姥欲起身离开，林太太猛然想起什么似的说：“对啦，秦奶奶。晚晌覃姨一个人出门了。俺那会儿坐马扎在胡同口歇凉，瞧见马路边停辆小轿车，您是没瞧见，那小轿车漂亮极啦。司机拉开车门请覃姨坐进去，小轿车飞快开走了。”

姥姥问：“后来呢？”

林太太说：“没后来。小程子从饭庄弄点儿折箩回来，俺和他一块儿回家打发晚饭。”

依旧问不出眉目，姥姥走出林太太家，忽听七婶大呼大叫地从覃姨家跑出来：“唉哟喂，吓死我呀，诈尸啦……”

3

姥姥一把拽住七婶。

七婶脸色煞白，浑身肥肉乱抖乱颤：“秦奶

奶，不得了呀，我在覃姨家守尸烧纸钱，您猜怎么着，唉哟喂，‘呼啦啦’钻出一群瞎蛾子，满屋子飞呀。闹鬼了。”

姥姥冷冷地说：“青天白日乱咋呼。我活到大半截入土压根儿就没见过鬼，我信你碰见啦？瞎蛾子从米面里生出来的，哪家见不着？”

七婶将信将疑：“要说也是啊。我差点儿把自个儿吓出个好歹……”蓦地，她停住唠叨，眼神盯着大院门，一个英俊后生跨进大杂院，径直奔向覃姨家。七婶撇下姥姥，疾步尾随而去。

年轻人的背影似曾相识，七婶边追边回忆：他曾来过大杂院，陪着覃淑芳一起。大约去年冬天，当时覃淑芳嗓子倒仓之前，在聚华剧场演评戏《秦香莲》，覃淑芳饰演公主，年轻人扮韩琦。一天夜深，七婶在胡同口倒脏土，瞧见他陪送覃淑芳款款走来。到胡同口覃淑芳挥手叫他回去。年轻人依依不舍，二人吵了几句。急的覃淑芳直跺脚，他无奈停住步子，呆呆目送覃淑芳进院。

年轻人与覃淑芳同为国光评剧团演员，关系不清不楚。七婶不禁生疑，今儿他干吗来呢？

年轻人进屋后默立许久，顾自对床上遗体深深鞠躬。忽然他掩面痛哭，哭得不停抽搐。七婶紧盯他一举一动，又见他一步步靠近床铺，撩开白布单，试图亲吻覃淑芳面颊时，七婶冲上前，一把扽开他，怒喝道："你疯啦？占死人便宜？！"年轻人始终不发一言，掉头急匆匆走开，一直消失大院门外。七婶朝他背影啐骂道："呸！臭流氓！有本事别跑，我招呼警察抓你小子。"

当七婶魂不守舍地跑进姥姥家寻舅舅时，我舅舅秦少明正同他南开校友郑淮海喝着小酒。他俩正躲在一家不起眼的包子铺，各自晒上一小壶高粱酒，边呷边聊。当年舅舅在大学学法科，郑淮海学文科。1934年毕业后，舅舅顺利进入警察局工作，郑淮海在一所学校当了一年的中学教师，"七七事变"后，学校被炸毁，郑淮海丢了饭碗，开始为小报撰写情色小说，笔名淮海楼主。

酒喝至正酣时，舅舅把话题引到大杂院，说：“我母亲住的那条马路公寓多，源兴公寓、源德公寓、珍德公寓。源德公寓当年由我那盐商祖父买下，对外出租。天津沦陷时日本人飞机轰炸城市，不少难民流落街头，我母亲出于善心腾出空房，收留了他们，这些人来历和身份复杂得很，就这样，源德公寓成了鱼龙混杂的大杂院。”

一番述说，一下诱发了郑淮海兴致，眼里顿时有了光：“伯母住的那个大院充满神秘感和艳香，女人多、男人少，女人们不论青春年少或半老徐娘，一个赛过一个的美貌。”

舅舅笑他：“在你这位言情小说家眼中，皆为才子佳人、男贪女爱。而我关心她们背后的隐情和内心的故事。大院里女人漂亮归漂亮，身份、经历都很特殊，日本鬼子入侵造成她们曾经的丈夫死的死、失踪的失踪，家破人亡才沦落于此，为了生活被迫改嫁，仓促间的选择难免失误，改嫁后的丈夫大多属碌碌之辈，境遇的反差不得已委屈生存，而之前她们的故事可大不寻常。”

白酒喝干，意犹未尽。郑淮海又点了两瓶“五星牌”啤酒，给舅舅斟满，自己大口饮，泡沫沾满唇边。他顾不得擦拭，说道：“少明兄，你快讲讲，我的小说正好缺素材。比如院里那位覃淑芳小姐，评戏届名角，每逢七夕日国光剧团上演《牛郎织女天河配》，我场场不落。她饰七仙女一角儿，人漂亮，扮相好，简直人间仙女。”

舅舅凄然道：“可惜她死了……”

郑淮海闻言大惊：“她怎么死的？太不幸啊。难道真应了那句话——红颜薄命？”

舅舅说：“她死因尚不明确，我验过尸体。看上去很像自杀，我怀疑她是遭人毒手。”

郑淮海把啤酒杯往桌上一墩，酒沫四溅。他气狠狠地说：“我平生最恨杀害柔弱女人的坏人，何况被杀的又属人间尤物。可鄙、可恶，罪不可恕！”

舅舅说：“我破案遇到瓶颈，案子晦暗不明，一无线索，二无证据，凶手非同寻常，狡猾至极，隐藏也很深。淮海，你须助我一臂之力。”

郑淮海急问：“秦兄，怎么帮？愚弟赴汤蹈火在所不辞！”

舅舅浅笑道：“哪那么严重，你只要找位报社熟人，请他写篇新闻，内容大概为‘大杂院发生红绣鞋凶案，侦探专家密查案犯踪迹’。目的在于打草惊蛇，逼凶手露出狐狸尾巴，我乘机捉之。”

郑淮海恍然，说：“区区小事不足挂齿，愚弟立刻去办。”

二人喝光了酒，包子剩下不少。郑淮海说：“不吃啦，心里堵难下咽。”

天气溽热，马路行人寥寥。他俩默然而别，郑淮海渐渐走远，仰头唱起评剧《牛郎织女天河配》中的唱段，模仿覃淑芳悲腔唱道：“我那见不着面的娇儿呀……”腔调拉得很长，末尾变成哭腔。

舅舅目睹此情此景，鼻子一阵发酸。

行至玉清池澡堂子旁门，望见霞姑的“大碗茶”摊儿，舅舅顿觉口渴，走上前落座长凳子上。霞姑对于舅舅喝大碗茶感觉奇怪，说：“秦少爷，您是高级人物，也喝小摊儿的茶？”舅舅说：“霞姑说笑了，你的大碗茶远近闻名啊。”遂掏出二分钱放长桌上，霞姑不收，嗔怪道：“秦奶奶平日照顾我们孤儿寡母一家子，收您的钱？这不打我的脸嘛。”舅舅说：“你白天摆摊儿卖茶，你儿子二虎晚上卖煎饼馃子，收入不错吧？”霞姑答道：“啥呀。我一个四十出头的寡妇，拉扯三儿两女甭提多业障。混了上顿混下顿地瞎糊弄呗。”

舅舅喝下半碗茶水，问道：“大院覃小姐意外死亡那晚，二虎在鲜货店对面摆摊儿，发现陌生人混进大杂院吗？”

霞姑说：“七婶也问过我呀。我那儿小子半傻不茶的，啥也没瞧见。这不天津光复了，看戏瞧电影的人多，散场后吃煎饼馃子当夜宵的人排队。

二虎光顾着低头摊儿煎饼，愣没往大院这边扫一眼。唉，覃姨一死坑坏了我儿子二虎，哭得差点儿背过气儿去。您哪知道哇，覃姨平时对二虎亲着呢。覃姨一个人，赶上买菜、买零食、背米扛面的零活儿都找二虎跑腿儿，暗地里塞零钱给他。多好的一个人呀，说走就走了。”

舅舅同情地连连点头，不经意地问：“二虎今晚几点出摊儿？”

霞姑有所警觉：“搁平时晚饭前出摊儿，收摊儿说不准啦，怎么也得耗到十点多钟。他今儿出不了摊儿，回杨村乡下弄豆面。煎饼馃子卖得好，豆面供不上啦。”

4

七婶耗在1号院姥姥家焦躁不安地等舅舅，舅舅则在胡同口被警长孙春英拦住。

暑气薄雾似的笼罩马路，街景混沌不清，靠

近才认出对方。

孙春英双腿并拢，对舅舅郑重敬礼："秦局长好！"

舅舅拍拍他肩头，说："小孙，我已经不在警察局当局长了，不必如此客套。"

孙春英说："您在我心里永远是我的上司，德高望重的上司。"

舅舅不信他俩意外邂逅，挑明了说："你在此等我老半天？"

孙春英憨笑道："您料事如神，听说您在侦查源德公寓覃淑芳死亡一案，警局已经以自杀结案。您别白忙乎啦。"

舅舅盯视他，问："你相信她自杀吗？"

孙春英道："您叫我说真话还是假话？"

"讲心里话。"

孙春英耷拉脑袋，说："属下当然不信覃小姐平白无故自杀。警医小吴事后偷偷告诉我死者存在中毒迹象，不排除先被人酒里下毒后勒死。可

‘活儿’做得干净，现场查无任何线索，又无证据，上边拼命催着结案，今天明令以自杀告结。我琢磨如今抗战胜利，国民政府派员来接收警局，我在日本人手下当过差，前途未卜，多一事不如少一事，按指令办了。”

舅舅怒不可遏：“小孙，这不草菅人命吗？！社会为什么需要警察？维护治安，匡扶正义，保护市民生命财产。倘若光听凭上司心思办案，将造出世间多少冤情冤案？不如脱了一身黑皮，省得助纣为虐。”

孙春英羞愧难当：“属下还算有点儿良心，两天来吃不好、睡不好。写完了结案报告，我更嘀咕，赶紧来通知您。原谅属下糊涂无能，只靠您替覃小姐申明冤情了。”

“小孙，覃小姐遗留的一双红绣花鞋尚在警局作证物？你讲讲它的细节特点。”

“老局长，覃小姐遗留的绣花鞋是最显著的疑点：缎子面，布底，鞋面手绣鸳鸯，鞋号小，不像北方女人穿的。而且案发后，红绣花鞋一只在天井，另一只遗留在后胡同。覃淑芳不可能光着一只脚上吊，备不住经人搬动时不慎掉丢了的。”

舅舅颔首。又似无意问道：“小孙，有人指派你来见我？”

“绝对没有！”孙春英发誓般地说：“属下心存不安才来面见您。也请您替我保密，当谁都没见过谁。”

舅舅会意地颔首，他暗忖：“看来尚未打草惊蛇，专等郑淮海那边关键一击。”

姥姥让女用为舅舅安排了饭菜摆桌子上，两荤两素外带炖鸡汤，用网篮罩着，七婶瞟着眼馋，不住咂巴嘴。

舅舅大步跨进门，七婶迎上前，佯嗔道：“大侄子，你不紧不慢的多会儿破案？可愁死我了。我摸到许多线索，条条可疑。今儿上午来个男的进了覃姨家。”

姥姥叫舅舅抓紧填饱肚子，舅舅说不饿，转头对七婶说："知道了，他是国光评剧团小生许增光，痴情男人啊，一直追求覃小姐，屡遭拒绝仍穷追不舍。我打算正面接触他。"

七婶惊呼："果真大神探，早已摸得门儿清。"

姥姥接着讲述她走访陶娘和林太太两家情况，舅舅说道："大院前后住进一些难民之后，身份不明，情况复杂。"说着，他掏出那张大院住家位置图，说："七婶，您身为保长肯定知晓他们来自何方、什么身份、什么经历、从事什么职业吧？帮我一一列明。"

七婶连连摆手："我一个家庭妇女，大字不识一个，他们的底细我弄不清。"

姥姥接过话茬儿道："不用难为七婶啦，她确不知情。早先大院原租户挺固定，大多数说穷不穷、说富不富的租户，男人在外头做小买卖，娘们儿在家做饭、照应孩子。自从小日本侵略中国，大院住进两批外来户。民国二十六年夏天天津卫沦陷不久算头一批，那天大院乱成一锅粥，七婶忙昏了头，哪顾上登记难民细情。第二批在民国三十二年，狗日的日本人封锁租借地，好些打英法租借地逃出来的居民，也住进了大杂院。两批人加一块儿可不少，你找廖娘吧，我派廖娘登记过。”

七婶瞟一眼座钟，故作惊讶道：“时候不早，我该回家做饭。”她拍拍屁股走人了。

姥姥见舅舅拧眉沉思，忍不住问道：“覃淑芳案子真难吗？要是能破便破，破不了就拉倒，你一人单打独斗难呐，不如交警察局办。”

舅舅摇头：“交给他们办，等于又成一桩冤案。覃小姐孤苦无依，即便冤死也无人追究。但人命关天呐，我当初被警察局罢黜后改行做私家侦探，非一时心血来潮，更非迫不得已，实为从混乱社会中寻出一丁点儿正义和公平，这是其一；其二，覃小姐一案并不简单，深不可测，现场勘查存在种种疑点，警察局却以自杀草草结案，三岁孩子都猜得出此乃欲盖弥彰！一区警察局力图搅浑水，凡事有妖，背后必存黑幕。我一查到底，即为覃小姐申明冤情，也为还儿子过去的清白。”

姥姥叹气道：“当年你受小人陷害妻离子散，像道坎儿怎么也迈不过去，妈明白。打小儿你脾气拧，一条道儿跑到黑，我不管你。眼下小日本降服了，政府迟迟不派人接管城市，世面乱，坏人多，你处处当心呐。”

舅舅撩开薄西服上衣，露出配枪，说：“儿子的能耐您老不晓得？身手不凡，对付七八个人绰绰有余，何况有枪防身，您一百个放心！”

姥姥噘嘴讥讽道：“你躲家吹牛呗。”

“我肚子空，吃饱了我还有公干。”他掀开网篮，狼吞虎咽地吃起来。

夜色降临，暑气越积越厚，仿佛锅盖压住街巷。

舅舅围着聚华戏院转悠一圈，隐约听到里边琴弦声，戏将开演。

他拐进马路边一条胡同，戏院后门通胡同。舅舅敲响一扇门，不久后门开条缝，露出装扮成衙役的男演员。舅舅掏出名片递给对方，探问道："请问许增光许先生在不在？""衙役"瞅瞅名片，又打量舅舅一番，答道："先生找他做什么？"舅舅说："我与许先生是故交，特来拜访。""哦，""衙役"说："不巧，他昨晚请假回老家了。您若看戏，我领您从后台进去。""衙役"错把舅舅当成看便宜戏的主儿。

舅舅又问："他何时返回？""衙役"答："说不准。好像他老家出事儿了，走时匆忙得很。"舅舅说："您请回。过几天我再来打搅。"

戏院后门关闭，胡同顿时暗下来，仿佛关闭舅舅的一丝希望的光亮。他伫立原地，怅然若失。

在永安大街和荣业大街交口围了一堆人，他们在二虎的摊儿前排队等煎饼馃子，舅舅挤上前，一盏煤气灯下面霞姑忙得满头大汗，独不见二虎。舅舅撤身出来，有些茫然，不知何往。

5

猛然，舅舅灵光一闪，他迅疾离开聚华戏院后胡同，奔向大杂院后胡同。

夜已深，凉风丝丝，驱散开浓浓的暑气。此处阒无一人，灯光晦暗。他依靠电线杆底下，拿出烟斗含嘴边，习惯性不装烟丝也不抽。舅舅在查勘地形：源德公寓 2 号院直通前门胡同，而这里的后胡同呢，由大院天井绕过号称“外国串儿”的苏洛娅家门通向外面小马路。那条街仿佛熙攘的市集，小摊儿一家挨一家，大院的人常常抄近由后胡同直奔小马路买东西。后胡同的路不比前胡同宽敞，狭窄儿幽暗，如今被人们踏个遍，自然留不下任何线索。舅舅忽然想起孙春英提供的线索：被害人覃淑芳一只红绣鞋遗留此处，这不免令人生疑：红绣鞋怎么好端端地跑到后胡同？舅舅百思不得其解。一阵轻飘飘的舞曲打断了舅舅思绪。

此时，“外国串儿”苏洛娅家的窗户半开，透出奶白色光晕，纱帘低垂，房内传出留声机播放的舞曲。舅舅似乎嗅到一股香艳的气味儿。

舅舅对苏洛娅小姐略知一二：早年她混迹于英租界蓝扇子公寓作舞女。蓝扇子公寓名义上为会员制舞厅，暗中兼操皮肉生意，其中白俄舞女占多数，因苏洛娅是混血儿，长相与洋妞无异，且讲一口中国话，所以在舞女中特别吃香，红极一时。1942 年太平洋战争爆发，随即日本人强占英国美国租界，蓝扇子公寓被迫关闭，苏洛娅小姐丢了营生，遂流落大杂院租房居住。

正值青春年华，借助曾经的艳名，苏洛娅故态复萌，重操旧业，常约形形色色的男人到家中聚会，喝酒、跳舞，或者留宿。她的住房紧挨后胡同直通马路，出入方便且隐秘，后胡同口的马路经常停泊轿车和洋马车。舅舅留意到今晚停了辆崭新的别克轿车，可见她的“客人”身份非同小可。

房内留声机又换支舞曲，大概苏洛娅和“客

人”正轻歌曼舞。一支曲子终了，灯光转暗。她放荡的笑声不时从窗户传出来，间或掺杂男人的低哑嗓音。忽然脚步声趋近，窗口出现穿薄纱睡衣的苏洛娅，脖颈间钻石项链晶亮，酥胸半露，她探出身子关窗，随后房间灯火全熄。舅舅猜度即将开演一场床戏，便厌烦地转头离开。

举步退出后胡同，两个黑影朝他靠过来。借助路灯，舅舅看清走前面那位熟人——接任他的一区警察局局长常怀德。

同时，常怀德认出了他，急匆匆上前握住舅舅的双手：“少明兄，多日不见，你出来乘凉？天气实在闷热。”又对身畔年轻警察说：“这位是我的前任秦少明局长。”那年轻警察朝舅舅行礼：“秦局长好！”

舅舅含笑道：“不敢当，我现在不过一介平民。二位巡夜吗？”

常怀德恭维地说：“老局长啊，你活得多惬意自在，比我们当差的强百倍。不受累、不担责、不挨风吹日晒，小弟羡慕万分呐。”

舅舅话锋一转，讥讽道：“常局长，当年你为混上局座费了不少心机，怎么后悔啦？”

常怀德明白舅舅提及的一桩不堪往事，故意躲闪道：“岂止后悔，实则后怕呀。抗战胜利，朝代变了，像我们在日本人手下混事的不知结局如何，怎不担惊受怕？”

舅舅说：“为了生活不得已嘛，只要不曾为虎作伥、干坏事、祸害民众，自可不必担忧受怕。”

常怀德尴尬地说：“老局长训斥得对。常某时常告诫自己，上对国家，下对百姓，不可违背良知。少明兄，你做私人侦探破了不少大案，警界对你传闻很多，将老局长比喻为神探。三年前发生在金融街银行的抢劫案，是你查出线索助市局破获了积年大案，去年法租界洋行襄理约翰先生绑票案，也是你协助十一区分局找到人质，绑匪悉数落网……杂七杂八的小案自不用说啦。老局长果然神通广大。”

舅舅呵呵一笑：“雕虫小技，不足挂齿。”

常怀德话题一转，问道：“听闻老局长最近正侦查源德公寓覃姓女子自杀案？”

舅舅纠正他：“此案目前昏暗不明，我个人认为不像自杀，倒像被他人所害。当然得靠证据证明。”

常怀德声调严峻：“小案子一桩，属我管辖，据现有证据表明覃姓女子确为自杀，少明兄何必多此一举？即便如你所料，破案之后落不了多少钱。”

舅舅冷笑道：“你们警局怎么定案我管不着，我保留个人看法。落钱不落钱不在我考虑之内，辨清真伪，查明案情实为我干私人侦探的职责，责无旁贷。查出自杀或他杀并非最终目的，而在于案件背后的隐情——覃小姐因何上吊。”

常怀德面色越来越难看：“人各有志，不便勉强。愿少明兄多多珍重。”言罢，再不搭理舅舅，带着年轻随从钻进路边“别克”轿车。

顿时，舅舅感觉出不寻常的意味，常怀德并

非在巡夜，而在放风，给苏洛娅房间里那个大人物做替身。未容他细琢磨，大杂院传来七婶的惊呼声，舅舅掉头冲进前院天井。七婶一摊儿泥似的倒在地上，浑身颤抖，梦呓般絮叨着："鬼跑了，跑了，跑出大院，快追快追……"

舅舅蹲七婶旁边扶她坐起，催问着："七婶不要慌。别怕，我在呢。究竟出了什么事儿？"七婶惊魂未定，上气不接下气地说："大侄子，可了不得喽，真有鬼呀。我亲眼所见鬼从覃姨家钻出来，跑向胡同外头。"

舅舅打断她："我不信，天下根本没有鬼，您准瞧花了眼。"

七婶泪眼婆娑："神探呐，你信七婶一回行不？半个小时前，我躺床上翻来覆去睡不着，心里七上八下，猛地想起覃姨家无人守夜，门关没关？长明灯会不会灭？该不该烧点纸钱？我叫醒我家那倒霉蛋一块儿去，他不搭理我。我一人穿好衣裳朝覃姨家走，大老远瞧见屋门大敞四开，屋里黑乎乎一片，长明灯果真灭了。我赶紧进去点上，刚迈进门槛的工夫儿，一个黑影儿打里头一下就蹿了出来，裹着白袍、披头散发，从我身边‘蹭’的一下子朝胡同外跑。吓得我腿一软，没追着……”

舅舅略思片刻，问道：“七婶，你打算捉‘鬼’吗？”

七婶连连摇手：“我哪敢呀。”

舅舅说：“你不敢，由我捉。”

七婶疑惑：“咋捉呢？”

舅舅说：“你只需站院里大喊‘闹鬼啦’，便见分晓。”

七婶挺听舅舅的话，颤巍巍站起身，扯开嗓门大叫：“大伙全出来，闹鬼啦！”

刹那间，大杂院各家灯亮，众人纷纷出屋观望。舅舅趁机掏出画有各家位置的图纸，机警地扫描一遍人数。

他似有所察觉，于是，嘴角浮出一抹浅笑。

第二章

1

当初舅舅报考警官时，姥姥一百个不乐意，她数落舅舅：“你是我秦家千顷田地一根苗，继承家业好不好。你吃了迷魂散，灌了迷魂汤？为嘛偏要当警察？俗话讲，车船店脚衙无罪都该杀，警察跟大清朝的衙役差不离？臭遍街的差事。堂堂大学生找啥事由不好。”舅舅说：“妈，您弄错了。车船店脚牙的‘牙’指行骗的牙行，非旧时衙役。”姥姥不乐意听，说：“做警察破案、抓贼多危险？我天天为你担着心。”舅舅微笑道：“您脑筋老喽，清朝已亡，民国开一代新风。当警察薪水高，可为民除害，儿子乐意干。另有一节，人活着也许不为实现理想抱负，只是图一时兴趣，儿子最大的兴趣就喜欢破案拿贼。”

姥姥明白劝不住犟脾气的舅舅，同时担心舅舅在警察圈子里受气，暗中央求姥爷生前好友替舅舅谋个好差事。舅舅如愿以偿地穿上警服。那时当警察的普遍学历低，舅舅很快便升迁，一年后升任一区副局长。好景不长，有人密告舅舅徇私枉法、执法不公，被一撸到底。于是，舅舅索性离开警察局，赌气办起了私人侦探所，一人单打独斗。

舅舅的侦探所在珍德公寓一楼，窗户临街，正对源德公寓胡同口，隔窗朝外望，源德公寓进出的人尽收眼底。

《南市大杂院发生红绣鞋凶案，著名侦探专家密查案犯踪迹》一文见报，舅舅为答谢郑淮海，约他来侦探所小酌。一瓶高粱酒二人均分，酒菜也简单：粉肠、老虎豆、猪头肉和拌黄瓜。二人边喝边聊，聊着就聊到八年前那桩往事。

“奇了怪，你落到今天这般地步，竟然不知谁告密害了你吗？”在侦探所喝酒时，郑淮海质问舅舅。

“我猜到了是谁，但我不愿相信。”舅舅有点儿怅然若失。

郑淮海挺着急：“谁呀？总让我闷在葫芦罐里。”

“常怀德，我俩中学同学。”

郑淮海一听就气不打一处来：“你咎由自取，活该！先前我劝你不要帮他，你不听呀。嘿，重演一段《农夫与蛇》的故事。”

“我仅仅怀疑尚不能确定，但愿我怀疑错了。”

“怀疑自然有原因。我不分析原因，先说常怀德的人性，应归于小人之类。他总装出一副可怜巴巴的样子，可怜之人必有可恨之处。我总结他三点：其一，他貌似卑微，却内心狂妄；其二，虽无德无能，而贪欲无比；其三，宁负天下人，绝不肯负自己。你忘了，刚进中学那年，他煽动全年级学生推你带头儿驱除国文老师那段往事？国文老师脑袋后边留条辫子，念念不忘大清朝的老顽固，应该教训一下。此事足以证明他背后的鼓动能力不可小觑。”

舅舅似回忆又似自辨：“八年前我把常怀德弄进警局欠考虑。看他一个中学生窝屈在庆云戏院卖票，实在可怜。不然……”他停住话头，急速站起，说：“大院出事儿了……”

郑淮海随他目光望去，源德公寓胡同聚集了许多人，人群中站俩警察——孙春英和警医小吴。

警长孙春英双手插裤兜，不耐烦地冲七婶发牢骚：“源德公寓邪性啊，先头死个覃淑芳尚未查明原因，今儿接着又死个林太太，作嘛哪，比赛似的不想活？”

七婶替他分析：“林太太人家没死，喘着气呐。小孙，你知道吗？听说盖楼时地下挖出过死人，所以大杂院天井阴气重，阴魂儿不散。先勾走覃姨，接着覃姨的魂儿带走林太太，这叫‘勾打连环’。”

“行行行，少胡说八道瞎裹乱。”孙春英越发厌恶：“嘛玩儿阴魂鬼怪的，不怕我抓你个宣扬迷信、谎报警情，妨碍警方办案。她俩意外自寻短见，需要我们警察依照科学方法进行侦破，明白吗？”

七婶连忙认错：“瞧我这张臭嘴胡咧咧。您抓紧用科学法子破案，紧跟着大杂院再死俩仨的，谁敢在大院住哇？”

孙春英两眼一瞪：“七婶，照你这么讲，源德公寓还得没完没了死人不成？把握挺大呀？怎么着，你事先有预谋？”

七婶吓得连连倒退：“唉哟孙警长，你干吗吓唬七婶。尿憋不住了，我麻利儿去公共茅房。”

孙春英暗自窃笑，扭脸瞧见舅舅和郑淮海走进前，立刻迎上去打招呼：“老局长，把您惊动啦。”

舅舅说：“分内之事。你查出了所以然？”

孙春英凑舅舅耳边，说：“像自杀，她家镜台上发现信石沫。您懂，土话称砒霜，毒性特别厉害。就酒喝下的，不过用量不大，人还有呼吸，家属已经送医院，属下立刻跟过去，顺便问询供词。这儿劳您大驾吧。”

孙春英离开不久，七婶撒尿回来，对舅舅抱怨道：“孙警察二百五，不信鬼神。大院接连平白无故死人，邪乎不邪乎？我琢磨着请道士来作法驱邪，你觉着行不？”

舅舅点头表示同意。

七婶依然喋喋不休：“大侄子，昨个儿从覃姨家跑走的鬼逮着没有哇？”

舅舅说：“我光会逮坏人，不会捉鬼。七婶，麻烦你请道士，他们捉鬼在行。”

得到认可，七婶信心倍增：“作法宜早不宜晚。我回院里招呼街坊们凑钱请道士。”

七婶返身回大院。郑淮海嗤笑道：“少明兄，你信这套玩意儿？”

舅舅含笑不答，说：“你陪我会会廖娘？她曾经给我母亲当管家，对大院先后进来的两批外来户底细最清楚。”

郑淮海欣然应允：“我对大杂院的女人们越来越感兴趣，一方面这很可能成为我构思连载小说的素材；另一方面我琢磨不透，大杂院的女人们虽然经历了国破家亡，从不同地区聚拢到大杂院，或许她们身世不同，成分混杂，究竟会作多大妖出来？漂亮的名伶覃小姐遇害？谁杀的？今天接着又自杀一位，她因何走投无路而寻死？我的智商无法解答，少明兄，你聪明过人，予我解疑一二。”

舅舅面容严峻起来：“老同学，世事难料，人心莫测，所以做侦探是与罪犯拼智力的行当。我把握住两点作为破案缺口：一是因果。凡事必存因果关系，有因必有果，现在结果出来了，那么我倒查其因；二是人性。事出其心，心从人性。此最神秘莫测，可因势利导，一步步查明原因。”

他俩迈步踏进大院天井。时近中午，各家正在生火做饭，炉子冒出柴火点燃腾起火苗与呛人的烟气，混合着葱花炝锅的香味儿弥漫四散。

郑淮海惊诧地自语：“多么平静啊，好像什么都没发生一样，一派祥和的人间烟火气。”

舅舅接茬说：“祥和平静的气氛下，隐藏着时刻纷飞而出的罪恶翅膀。”

2

廖娘中年女性特点十分突出：大眼睛、大嘴；个子高、乳房高。但她腰肢婀娜，一颦一笑不失文雅；且识文断字谈吐不俗。郑淮海惊叹道：“源德公寓尽藏女中绝品也。”

对于舅舅上门，廖娘早有准备，她丈夫范长顺沏好一壶酽茶，分别为舅舅和郑淮海斟茶杯中，才拉门走开。郑淮海感觉夫妻二人很不般配：男人四十岁开外，面相狡黠，身材瘦小枯干，眼珠乱转；廖娘年近四十岁，稳重大方。

不等舅舅开口，廖娘从抽屉拿出一个本子给舅舅，说：“秦少爷，秦奶奶吩咐我将大院外来住户情况列下来，凡我了解的全部登记在上面，请您过目。”

本子由几十张旧月份牌纸装订而成，背面空白处写字，一家一张，字迹工整秀气。

舅舅翻两页，转手递给郑淮海，遂对廖娘说：“辛苦了，廖阿姨。”廖娘说：“您不必客气。我帮秦奶奶管家多年，秦家对我恩重如山，此区区小事不足挂齿，理应效劳的。何况大院发生人命案子，少爷您又亲自出马办案，尽些许绵薄之力，算我的荣幸。”

“母亲告诉我，原始记录记在旧账本上。”舅舅突发奇问。

“老东家脑筋真好，记得那么清楚。当时匆忙，我用一本旧账册做记录，您手里本子是我一字不差誊写下来的。”

“原始账本仍在吗？”

廖娘略微一怔，说：“对不住，我一时忘了放哪儿啦。屋子小，东西放个地方不易找着。”

舅舅未再追究，说道：“廖阿姨算大院老人，近日突发两件命案着实蹊跷，覃小姐遇害，今天林太太莫名吞药自杀，你可否有线索提供？”

廖娘沉吟良久，开口道：“秦少爷一言中的，连续出现两起怪事说奇也奇，说不奇也不奇。大院原住户几十年相居，甚至承继两三代，彼此了解，习性相近，所以排斥后来者。天津沦陷时第一批躲难的居民人员混杂，穷人居多，被原住户瞧不起；1942 年第二批难民拥入，他们来自外国租借地，吸过洋人的洋味儿，大多数又是趁钱的

‘烧包儿’，生活习惯和为人做事又让先前的居民看不惯。等于原住民排斥第一批人，他们和第一批人又排斥第二批人，形成恶性循环。表面上大家互不干涉，各过各的日子，实际形同水火，你嫉妒我，我仇视你。”

郑淮海插嘴，问：“那也不至于伤人害命呀？”

廖娘说：“因为后来居民破坏了大院规矩。”

“什么规矩？”

廖娘答道：“秦老爷买下源德公寓开始招租时定下的规矩：遵循孔夫子的非礼勿视，非礼勿听，非礼勿言，非礼勿动的圣人言，要求邻里之间吵架闹意见，切不可揭隐私传闲话加深矛盾。按老百姓的话讲，打人不打脸，骂人不揭短儿。话说回来，大院的街坊原先挺和睦的，在日本鬼子统治下，人们抱团互助，一致对外。自打民国二十八年闹大水以后，日子艰难了，小鬼子配给的粮食尽是豆面饼子，穷人饿肚子，趁钱的人花大钱从黑市淘换米面，三天两头下馆子。贫富悬殊，出现气人有、笑人无的局面，矛盾慢慢形成了。”

舅舅颠颠手中本子，问：“全院的每人细情皆在此吗？”

廖娘点头称是。

郑淮海疑惑道：“按道理讲，他们之间并不了解旁人底细啊？难道有人告密？”

闻言，廖娘脸色大变，说道：“秦少爷，你们怀疑我？我一直遵循秦奶奶嘱咐守着秘密，对外人不吐一字。”

舅舅宽解她，道：“廖阿姨多虑了，我深知你的为人。评剧名角覃小姐属于哪一批？”

廖娘想了想，说：“本子记着呢，1937 年八月初来大院租房子，我接待的，她独自一人，登记写明在此地无亲无友。”

“林太太呢？”

“她也算头一批，比覃小姐晚，大概 10 月份刚到不久，和丈夫小程子在大院举行了婚礼，夫妇俩给街坊发了喜糖。”

“住一楼的苏洛娅小姐好像在第二批？”

廖娘略微一怔，说道：“秦先生料事如神，她从英国人管辖的小白楼一带搬来，紧跟两辆卡车，装满大柜子小皮箱。一群人帮她忙乎。苏洛娅小姐各色得很，与大院人关系不好，形同水火。”

舅舅似乎挺满意，说：“廖阿姨观察细致，谢谢。”

廖娘道：“秦奶奶信任我，委托我的事儿应该尽心竭力。”

舅舅同郑淮海撤身离开那刻，廖娘突然说：“秦少爷，我给您的本子说管用也不管用，我按她们口述登记的，难免她们当中有讲假话的呢？”

舅舅反问：“大院总有人了解详情吧？”

廖娘顿一下，说：“您找谷二姐问问，她家在平安影院对面开小人书铺，谷二姐天天推车走家串户送租赁书。她爱扫听闲七杂八的事儿。”

舅舅和郑淮海辞别出来，郑淮海不解：“他人的隐私如此重要吗？竟然造成你死我活？”

舅舅叼起没烟丝的烟斗，说：“在大院的女人们中间，隐私重于一切。更可怕的是告密，怀着不良目的的告密害人甚于刀斧！”

郑淮海突发感慨：“我脑海里常常浮现覃小姐表演七仙女的模样，多么美丽的女人，凶手怎忍心下手？”

舅舅笑道：“接着我领你见一位女人，她比覃小姐更迷人。”

顿时，诱发起郑淮海的兴致：“我猜到了，曾经在小白楼‘蓝扇子’当舞女的苏洛娅小姐吗？早闻其艳名，今日得见可谓三生有幸。”

舅舅说：“咱们在查案，你莫要被美色迷惑。”

郑淮海羞赧一笑：“不至于，我曾经沧海、阅美无数，把持得住。”

3

苏洛娅小姐家装饰别致，洋里洋气：从墙壁

油画、大床镜台、桌椅沙发，到银光闪闪的烛台餐具和地毯窗帘皆显示出古典俄式风格。时近中午，苏洛娅刚出浴，湿漉漉长发由手帕束着，身穿拖地镶花边睡袍，慵懒地坐沙发里读小说。女用开门将舅舅、郑淮海迎进房间，她把书一扣，故作优雅地站起，嗲声嗲气地说："欢迎二位英俊的先生光临，请坐。"

郑淮海眼尖窥见书名，不由自主念出声："《少年维特之烦恼》。"苏洛娅略显惊喜："先生喜欢看书？"郑淮海不失机会卖弄："敝人不光喜欢读小说，还写小说。《现世报》上月连载的《人生长恨水常东》出自敝人之手。"苏洛娅微笑道："很遗憾，我没读过先生的大作。主要我不喜欢中国的爱情小说，里边的男人半男半女，一会儿卿卿我我，一会儿哭哭唧唧，缺乏男人阳刚大气。不像外国小说，把男人描写得高大勇猛，对爱情高于生命，因失恋竟开枪自杀以明志。"一番话将郑淮海羞得红了脸。

她扭脸问舅舅："这位先生喜欢读外国小说吗？"

舅舅回答干脆："不喜欢，我喜欢破案拿贼。"

苏洛娅十分错愕，女用凑耳畔嘀咕几句，她恍然大悟："您是大神探秦先生啊，幸会幸会。在侦查林太太自杀原因吗？我向您指条明路，去查查谷二姐两口子，她们管林太太借巨款赖着不还，生生把林太太逼上了绝路。"

舅舅与郑淮海面面相觑，意想不到的收获。

苏洛娅不问自答："秦神探明察秋毫，谷二姐的丈夫早先城里开书店，犯事抓进日本宪兵队打个半死，又在永安大街开间烟铺卖烟叶，挣不了多少钱，赔得精光，烟铺转手兑给旁人。听说呀谷先生得过梅毒，残了右腿，哪有钱在荣业大街开那么大的小人书铺？林太太善心借钱周济谷二姐，反遭恩将仇报，谷家死不认账。你说气人不气人？！"

苏洛娅说话爽快，舅舅趁机问道："三天前，住二楼的覃淑芳莫名奇怪地上吊，您可有线索？”

提及覃淑芳，苏洛娅明显很伤感：“嗨，多么痴情的女人啊，为情所伤，殉情而死，死的不值得呀。”

舅舅强调说：“从种种迹象判断，覃小姐像被人杀害。”

苏洛娅大惊失色：“是呀？！我平素足不出户，懒得扫听院里那帮俗气女人闲闻琐事。无法为您提供线索，实为抱歉。”

舅舅正待追问，苏洛娅娇滴滴打个哈欠，自语道：“我困得很。二位先生同我一起喝杯咖啡吗？”

明明逐客令。舅舅冲郑淮海使眼色，遂起身告辞。苏洛娅却对郑淮海亲昵说道：“抽空常来玩儿，我同您边喝咖啡边聊小说。”

郑淮海受宠若惊，连连点头。

穿过后胡同走上小马路，郑淮海喃喃道：“苏洛娅房间真香啊！”舅舅逗郑淮海：“你被她灌了迷魂汤，心猿意马了吗？”郑淮海撇嘴：“她是真漂亮，风骚有余，贤淑不足，尤物一个。但我不喜欢，我仍旧喜欢覃小姐那种女人，纯真痴情，乃仙女误入人间。”

舅舅“噗哧”一声笑了出来。

马路上人山人海，点红灯放鞭炮喧声如潮，一拨拨游行队伍举小旗高喊口号缓缓行进，队伍中踩高跷的、耍杂耍的、敲锣打鼓的，热闹非凡；街两旁所有店铺通宵达旦地开门纳客，饭馆、影院、戏园子、商店、杂货铺、说书场，人潮如涌，人们仍然沉浸在庆祝抗战胜利的喜悦中。

郑淮海提高调门对舅舅说：“我猜中你带我去小人书铺寻访谷二姐，对不对？”

舅舅嘲弄他：“光看美女不觉饿啦？咱俩先填饱肚子吧，我请你下馆子，去玉华台饭庄。”

郑淮海并不领情：“你的小伎俩瞒不住我，名义上请我客，实际暗中调查林太太的丈夫小程子，他在玉华台饭庄跑堂。也怪呀，林太太家财万贯，为何嫁给一个跑堂的？”

舅舅说：“我借廖阿姨讲话方式：说怪也不怪。林太太搬进大杂院之后，才嫁给现在的丈夫。情况不明，所以查一下为好。”

郑淮海说：“少明兄，我替你不值。做私人侦探实在辛苦，桩桩案子都乱如一团麻，捋出一条线索难于上青天。你倒执着，乐此不疲。”

舅舅说：“人执意干什么或出自兴趣，或源于冥冥之中一种使命。推卸不了。”

说话间，他俩已到了玉华台饭庄门前，大堂管事认识舅舅，大老远作揖迎候：“秦爷，里边请。七爷早早为您占了雅间，正在那儿候着您呐。”

挑帘进雅间，房内站起一人，光头，短打扮，恭恭敬敬地跟舅舅打招呼：“秦爷。”他扫一眼郑淮海欲言又止。舅舅道：“说吧，不是外人。”那人说：“您让我盯着的国光评剧团许增光已从老家返回。”“唔，好好。老七一块儿坐下来吃饭。”那人双手抱拳，说：“不打搅二位爷雅兴，我先行告辞啦。”说罢，抽身离去。

大堂管事的进雅间问点什么菜？舅舅让他看着安排。管事的刚出去，又钻进个卖报的报童，塞给舅舅一张纸条。舅舅赏了钱，报童称谢跑着出去。郑淮海开玩笑说：“大饭庄成了你的情资中心啊，郑某佩服之至啊。”舅舅展开字条匆匆一阅，又转给郑淮海，他看完，惊愕地说：“啊？这位林太太真人不露相啊！原来她嫁给跑堂儿另有原因。”接着新奇地说：“少明兄，你的眼线不少哇？”舅舅说：“那当然，否则怎敢开私人侦探所？”

舅舅深意一笑：“好玩儿不，精彩的在后边呢。待酒菜上齐，咱俩开怀畅饮。”

酒足饭饱之际，大堂管事的踱进雅间，揉着发僵的脖颈，说：“二位爷对饭菜可满意？连续几天满堂满座，忙的我们腿肚子转筋。照顾不周请多包涵。”

舅舅言称挺好，探问道：“跑堂的小程子在不在？”

“他请假没来，人手越不够，越添乱。”管事的皱着眉头，说：“早上小程子老婆——就是秦爷您住的大院的林太太——早上吞药自杀，他赶去医院照料。小程子啊鬼迷心窍，年轻轻非娶大他十来岁的娘们儿，不知根知底儿，光图人家阔气，美不滋儿的，以为捡了大便宜。可这天下哪有便宜可捡啊，天下就一个便宜叫古人王巧捡着。人家捡个爹，发了横财。”

舅舅问：“小程子和林太太怎么认识的？”

“咋认识的俺不太知情。林太太不像过日子的娘们儿，脸蛋抹得赛过摩登小姐，不做饭，常来俺饭庄点菜吃，还专点贵菜哩。小程照应她，俩人混熟哩，搁不长时间小程和她结了婚。俺觉着他俩不般配。去年年底分红，东家请大伙聚餐。小程子兴许心里憋屈，酒喝多了，唠叨他媳妇儿不守妇道，常常晚晌一人出去，在外边待一宿，回家偷偷往箱子里藏钱。小程子怀疑媳妇外边有姘头，暗生闷气，不愿意声张。”

舅舅颇为得意地瞟眼郑淮海，然后对管事的说：“你赶紧忙吧，我们遛遛食去。”管事的说：“二位爷慢走。”

夜幕初降，月明星稀，马路吹着凉爽的微风。平安影院正检票放人，观众蜂拥而入。舅舅二人站马路边，朝对面小人书铺张望。小人书铺连排仨门脸儿十分气派，灯光如昼，恐怕在城市所有小人书铺中也算佼佼者。

小人书铺门前躺椅上，仰面朝天躺个面色焦黄、骨瘦如柴的男人，一只木拐放旁边。隔着玻璃门可见书铺内读者不多，柜台后站着中等个儿年轻女人。

舅舅忽然想起什么地说：“管事的提供情况与报童送来的纸条，正好对上号。”

郑淮海疑问：“对上号将如何？谷家赖账不还

并非一朝一夕，林太太为何选择今天自杀。”

舅舅沉思道：“你问到了关键点，像紧闭大门找准了锁眼儿，钥匙尚不知在何处？”

4

徘徊在荣业大街和永安大街交口，郑淮海说：“我不陪你回侦探所了，我得回家醒醒酒，接着给报社赶连载稿子。”

街把角的果品店搭了凉棚，悬吊着一只百度大灯泡。凉水大盆里浸泡汽水，摆出整筐的西瓜，刀切成三角块由一人叫卖：“香甜脆口的三白西瓜，一毛一角儿！”

突然，吃西瓜人群中蹿出个小孩儿，七八岁年纪，他抱着一瓶汽水朝珍德公寓方向疯跑，叫卖西瓜那人拎着古巴刀狂追：“小兔崽子你往哪儿跑，抓小偷哇！”偷汽水的小孩儿一头撞进舅舅怀里，舅舅拦腰抱住。舅舅认识他，大杂院陶婶的儿子，人称“一尺二”。

恰好后边追的人赶到，上手欲夺一尺二怀里的汽水，不料一尺二将汽水往地上狠力一摔，汽水瓶粉碎，玻璃渣子四处崩飞。果品店伙计气急败坏，揪住他脖领子，怒喝道：“你赔钱，要不找你家长。”一尺二不慌不忙地说：“找去呀。我住源德公寓2号院二楼，管姓董的老小子要钱。我还偷过五个苹果、仨鸭梨、三盒烟卷，往盛栗子的麻袋撒过尿，你一块儿跟他算账。你不找你就是我孙子！”伙计扬手欲揍一尺二：“我先跟你小兔崽子算账！”当即被舅舅拦住了：“他欠你们多少钱，我赔。”伙计不多要，光要了汽水钱。舅舅给了他，扭头问一尺二：“你这孩子够淘哇。你怎么叫一尺二，学名呢？”一尺二说：“我无名无姓，生下来瘦，一尺二大，他们叫我一尺二。”舅舅笑着说：“你挺恨你爹的？”一尺二掉头边走边说：“我从石头缝里蹦出来的，没爹，姓董的是个王八蛋。”

舅舅独自折返珍德公寓，半路邂逅警长孙春英。他告诉舅舅林太太尚处于昏迷状态，口供没录成。说完，踽踽走开。

打开侦探所房门那刻，舅舅着实吓一跳，房间黑暗里伫立一人。顺手扽亮电灯，舅舅认出了闯入者——国光评剧团英俊小生许增光。

“我瞧侦探所的门虚掩着，便溜了进来。不愿珍德公寓的旅客瞅见。对不起。”他嗫嚅道。

舅舅请他坐下，说：“你终于想通了来找我？”

“是呢，”许增光紧张地搓着手，“在老家眯了几天，不怕您笑话，心里忐忑不安，吃不下、睡不稳。又听您到剧团寻我，倒不如主动投案为上策。”

舅舅给他倒杯白开水，掏出烟斗含嘴里，静等对方下文。

“覃淑芳小姐之死全因为我，我不该逼她，把她逼上绝路。”许增光万分悔恨地说着，“我真心爱她，自从第一次与她同台演《花为媒》开始，我义无反顾地爱上她。她的表演那么入戏入情，深陷角色之中，每出戏演到感人处眼中噙满泪水，我被深深打动。覃小姐生性孤僻，与剧团人多有不和，唯独与我一人亲近，散戏后常请我吃夜宵，吐露心里话。我难免产生错觉，觉得她对我情有独钟，戏内戏外皆如此。

“虽然她比我大许多，我并不在意旁人的白眼与非议，执拗地追求她。覃小姐以种种借口拒绝我，先说我俩年龄差距大，又以不般配竭力推脱，后索性言明压根儿不爱我。我也昏了头，竟然以自杀相逼，逼得覃小姐走投无路，出于怜悯才同意和我在珍德公寓开房……

“次日早上，覃小姐对我坦露埋藏心中多年的秘密。原来她的初恋是她表哥，姓甚名谁不知。覃小姐早年在南方越剧团当演员，曾经冒着生命危险替表哥送情报，被日本特务追杀。几年前表哥莫名其妙失踪，极可能被汪精卫的特务机关抓进去折腾死了。覃小姐为躲避追捕，逃到天津卫。

加入国光评剧团。她念我一片痴情，用一夜温柔乡作以报答，但明明白白告诫我：她仅为可怜我，在她心里至死只有表哥一人，装不下别的男人，希望我别再纠缠她。还求我当场发誓，我真发了誓。

“事后我懊悔不迭，把誓言抛于脑后。我不同意覃小姐的想法，为何对一个死去的人执念不改呢？岂不白白浪费青春年华？我继续穷追不舍，她狠心从剧团辞职为躲我。当她临自杀前一天，我费尽心思请她出来吃饭，覃小姐再次表明她不爱我，绝情地说，如果我不放弃，她便以死明志……果然，转天她上吊自杀了……我该死！是我逼死她。我罪不容恕……”许增光伤心地揪扯头发，痛不欲生。

舅舅上前摁住他，说：“你不必自责，覃小姐之死并非被你所逼自戕，或许为恶人所害。”

许增光惊讶地扬起脸，满脸泪珠。愣怔片刻，他神经质地大笑：“秦侦探，你不必编瞎故事糊弄、安慰我。覃小姐为我一人所害，莫牵连他人。我罪孽深重，我上警局自首……”他猛然夺门而去。舅舅拦不住，追到大街上，已不见许增光踪影。

当晚，舅舅搭胶皮车赶至郑淮海寓所。郑淮海在绿色玻璃灯下伏案写作，舅舅将许增光和覃淑芳的故事对他讲了。郑淮海不禁拍案而起，惊呼道：“世间竟存在覃小姐如此痴情女！可悲、可叹、可敬。如此美妙的故事正是我求之不得的小说题材，我把它写下来。”

舅舅手举烟斗在房间踱步：“我感觉快到达彼岸啦。”

“嘛彼岸？”

“真相的彼岸啊？你不相信老同学的能力？”

郑淮海睥睨舅舅一眼，说：“我当然相信老兄能力非凡，但你的行动力太差，慢慢悠悠地转来转去，不像破案像遛弯儿。”

舅舅竭力辩解：“此乃引而不发跃如也。一旦我出手，必定为雷霆一击，手到擒来。”

郑淮海不屑地说：“吹呗。我倒认为冥冥中有一只手牵引着你鼻子，绕来绕去找不着目标，最后引诱你掉进他们设下的圈套。少明兄，你必须警惕为要。”

舅舅依然振振有词：“我欲擒故纵，它牵着我走，我故意随它而行。如同两位高手推太极，你退我进，我退你进。最终我将贴近它，揭开它的假面具。老弟，你擎好吧。”

郑淮海矫情不过舅舅，发出逐客令：“你耐心跟那只无形的手玩儿太极，我没工夫儿陪你玩儿，报社编辑明早儿来取稿子，我不敢怠慢。”

舅舅自感没趣：“你爬你的格子，我回我的侦探所眯觉。”

5

舅舅没有直接回侦探所，而到大杂院转悠

一圈。

驱邪法事刚刚结束，道士收拾东西准备离开。七婶招呼街坊邻居各自回屋，陶婶挨她耳畔嘀嘀咕咕。廖娘怔怔地在几幅彩色挂图前驻留。舅舅凑过去，旁观廖娘神色惊恐。他随廖娘视线转向道士带来的挂图，上面绘画的是十八层地狱，图中描绘的受难者痛苦哀号惨状无比，十分阴森恐怖。

舅舅打算同廖娘搭讪，廖娘蓦地发现舅舅，怕他似的一溜小跑逃开。这时，七婶打发走陶婶，走进舅舅身边，说："做了法事，大家伙心算安定不少，我算尽了当保长的义务。侄子神探，你破案有着落了吗？急死七婶啦，再过三天该到发送覃姨的日子了。我号召街坊们凑钱买了口棺材，明儿送到。"

舅舅安慰她："莫急，人命关天的大案，破案谈何容易。七婶放心，保准三天之内水落石出。"

七婶长出口气："我的妈呀，你这句话让我的心踏实一半。”

舅舅无意地问：“刚才陶婶追着你说事儿？”

“哎呀，大杂院的娘们儿没一个省油灯，你越忙她越裹乱。”七婶厌烦地说，“陶婶一门心思跟她爷们儿打离婚。为嘛呢？怨爷们儿随朋友上窑子打茶围喝花酒。大侄子你评评理，陶婶拿爷们儿不当回事儿，爷们儿养她，又养她拖油瓶儿带着的儿子一尺二。她想打就打，想骂就骂，还不情愿陪爷们儿睡觉，如若如此，当初你嫁人干吗？哪个男人憋得住？上窑子找回乐儿算个嘛？”

舅舅不愿听家长里短，掉头欲走。七婶拽舅舅胳膊说：“不瞒你大侄子，大杂院的娘们儿先前全明媒正娶结了婚，兵荒马乱一闹，死的死，丢的丢，她们落魄成寡妇，缺钱养孩子吃饭咋办，矬子里头拔将军呗，后续了现今的爷们儿。比之以前的全不顺心、不如意呀，天天闹家务，不稳稳当当过日子。光劝架忙坏了我。”

此时，七婶的爷们儿贾掌柜摇头晃脑走进天井，七婶颠儿颠儿地奔过去嘘寒问暖，被贾掌柜一甩袖子搡开。七婶打愣，道：“今儿吃枪药啦？”

突然，二楼一阵吵闹声，男的吼，女的叫，孩子哭；吼声惊天动地，哭声撕心裂肺。寻声望去，陶婶的儿子一尺二被他干爹董锡贵揪着头发往栏杆上撞，七岁的孩子小脸血糊糊一片，陶婶披头散发大叫：“救命啊，姓董的撒酒疯打死人啦！”七婶见状，无比愤慨：“臭窝囊废也敢动手打孩子，反了天了！”遂“噔噔噔”地直奔二楼，抬手扇了董锡贵大嘴巴子，呵斥道，“你撒酒疯？照你这么往死里打，打死一尺二偿命不？！”那男人酒醒几分，蹲地上“呜呜”大哭，嘴里嘟囔着：“你问她因个嘛，不怨我……”七婶返身搀扶躺楼道的陶婶，陶婶抽搐着说：“七婶呀，打狗看主人，他打我儿子比打我更难受，说嘛我也和他离婚，这日子没法儿过了。”七婶劝了男的拉女的，哄他俩进屋。一尺二小小年纪挺犟，抹干冒血的鼻子，俩手攥紧过道栏杆，不动窝。

七婶气喘吁吁奔下楼，瞧见警长孙春英手插裤兜溜达进大院，把舅舅拉走。她马不停蹄地追至胡同口。

孙春英向舅舅悄声说："林太太总算救活。我问她为嘛想不开自杀。她说她爷们儿小程不待见她，拿她不当人，不光不许她晚上出门，愣往她大腿中间那地方塞铁丝……我头回听说这么蔫坏，这么损的招儿。林太太觉着活得窝囊，不如一死了之。"

"了不得啦，阴阳颠倒哇！"七婶偷听孙警官叙述，转脸对舅舅说，"大侄子神探，您竟不信大院邪门儿，阴魂不散，连道士作法全不顶用。过去院里娘们儿骑着爷们儿脖子拉屎，今儿个爷们儿胆大造反，陶婶的爷们儿董锡贵怂货一个，今儿敢照死里揍陶婶儿子；蔫嘎嘎的小程往媳妇裤裆里塞铁丝。妈耶，我听了都臊得慌。我家那位倒霉鬼，当你面同我耍狗脾气。完喽，大杂院乾坤大掉个儿了！”

舅舅寻机脱身。一辆胶皮车停马路边，苏洛娅下了车，身穿粉色碎花纺绸旗袍，白皮高跟鞋，手拎个小包，娉娉婷婷进胡同。她抬头瞥见舅舅，笑靥灿烂：“哟，大侦探。碰面有缘呐。我看场电影回来，您等谁呢，在等我呀？”

又一个难缠的主儿。舅舅客气地说：“我们在此乘凉聊天，幸会了小姐。”

苏洛娅左盼右顾：“您那位小说家朋友不在？我刚弄到手一本好书《简·爱》，打算借他看。拜托您请他来我家取，好不好？”

舅舅敷衍道：“我尽力而为。”

“拜拜！”苏洛娅道声英语再见，扭摆腰肢朝2号院走去。

“呸！瞧她屁股扭得鬈样儿。”七婶愤愤不平地说，“大杂院属她臭美。大侄子神探，我向你透露情报，自打‘外国串儿’搬进源德公寓带着邪气来的，怪事儿不断，搅乎得大院乌烟瘴气的。她就是天生的祸害精。”

舅舅无言以对，三言两语打发了七婶，与孙春英作别，然后折返珍德公寓。

第三章

1

或许机缘巧合，或许天意为之，郑淮海从报社取稿费途中遇雨。铜钱大小的雨点从半空砸了下来，车夫拉起遮阳篷挡雨。不料，眨眼间狂风大作，暴雨如注。他不得不下车避雨，正巧躲在“达圣”小人书铺屋檐下。

雨意黏稠，雨鞭斜抽，打湿他的纺绸长衫。看样子一时半会晴不了天，郑淮海正踌躇时，书铺门扯开条缝隙，店主谷二姐探出半截身子说：“先生，您进屋避避雨。”谷二姐的善意正对他心思，举步踏进书铺。

小人书铺大气敞亮，联排三间门脸房，约五六十平方米，迎面贴墙书架摆满各种小人书，厅堂一排排长凳，由东墙到西墙悬空挂几条铁丝，上面贴满小人书封面，可谓琳琅满目，靠边书架上摆着小说，中国历史小说、现代小说和外国名著，不禁吸引郑淮海的目光。

雨天无人光顾，谷二姐请他在歇脚的椅子落座，又端杯热水，说：“雨天凉，您将就喝杯白开水暖暖身子。”郑淮海接手里，抿一口，无意间瞥见茶几上放的《现世报》，展开的正是刊登他的连载小说《人生长恨水常东》，不禁问道：“你在读它？喜欢吗？”谷二姐不好意思地摇头：“嗨，我不识字。我家那口子爱看，一天不落。他看完了给我讲，我爱听。”郑淮海举目四顾：“你家先生不在吗？”谷二姐说：“他出门送书。小人书铺不好干，平常进店看书的全是小孩儿，一分、二分的赁一本坐店里看，挣不多钱。我家那口子买了不少字书（小说），租给居家不愿出屋的大人们解闷儿，租一天二分钱。推车挨家送，等人家瞧完了再挨家取回来。一本字书老厚，短的看五六天，长的看半拉月，租字书挣得多。搁平常我出门送书，我家那口子在店盯着。今儿下雨，他替我。小本生意，勉强维持呗。”

谷二姐很健谈，引起郑淮海兴致。他指报纸的连载小说，说：“此小说出自本人之手，你先生喜欢看很令我欣慰。”

“真的吗？”谷二姐喜出望外，“先生是大作家呀！这要不是天下大雨，我们请都请不来您。我家那口子可喜欢您写的小说了，天天看，晚上给我讲。我也听不腻，听到茹小姐被薄情的汪公子休了之后自杀那节，我忍不住哭了半宿，好几天心里别别扭扭。”

意外闻知读者褒奖，郑淮海好不得意。但在

不识字女人面前得矜持，他温情地望着谷二姐问：“你既然不识字，小读者点名要哪本书怎么应付？”谷二姐莞尔一笑，说：“我有法子。您没瞧见铁丝上贴的小人书封面嘛？小孩点哪本封面，我从书架上拿。满架子书本本由我亲手摆放的，一拿一个准儿，错不了。”

外面风声呼呼，雨声“沙沙”，郑淮海感觉谷二姐不仅健谈，而且坦荡，明知故问道：“你家住附近？”

“我家住在源德公寓2号院。自从搬过来，头回见识院子这么大，住着百十口人家，大人孩子加一起上千人。”

“我从报纸看到源德公寓最近发生了案子？”

“可不。”谷二姐坐在旁边椅子上，“您知道嘛，四下里传得可邪乎，有人说是含冤上吊，有人说是被强盗所杀。大院人多嘴杂，凭一张嘴瞎说呗。您知道吗？这大杂院可不一般，它像帮会，同江湖传说的青洪帮差不离啊，也分帮分派，打来杀去。哪人不参帮入伙，耍单崩儿，准受欺负。覃小姐人性清高，两头不掺和，末了被欺负的生闷气上了吊。”

郑淮海故作吃惊：“我听着新鲜，大院的女人们分帮分派，总有个领头的？”

“一点儿不假。”谷二姐神秘起来，“您当大作家，坐书斋里编呀写呀，根本不明白平头百姓生活，揣摩我们见天儿油盐酱醋过日子，不呢，这里头也有争斗。您知道嘛？大杂院明里暗里分三派：一派的头头是七婶；院里大多数人怵她，追随她；另一派头头林太太，后边有霞姑、孙奶奶、宋婶几人；‘外国串儿’靠山硬，自成一派。属七婶最横，上边封她当副保长，每月关饷二十块大洋，后头有正保长、警察撑腰厉害着呐。谁不服她，她琢磨法儿整你，手段黑着呢。您知道吗，这大院像江湖呐。”

郑淮海问道：“你算哪一派？”

“我顶多算这个，”谷二姐伸出小拇指比画，

“我家人穷志短底子薄，爷们儿家没靠山，惹起谁？我明面儿随七婶跑，暗地里和林太太走得近。林太太仁义，借钱给我开了小人书铺，我怎不感恩戴德？”

“这么说，你巧妙地脚踩两只船？”

谷二姐伤心起来：“哪承想忽然船翻了。今儿个林太太吞药自杀，我家倒霉日子肯定不远喽。”

“街上人传源德公寓闹鬼，所以接二连三出怪事。”郑淮海仍打算问出更多新闻。

“醋从哪儿酸，糖打哪儿甜，总得追个源由吧？”谷二姐反诘道，“您知道嘛？胡诌白咧全从七婶嘴里散扬出去的。靠随她一派的‘瞎话篓子’陶婶四处瞎咧咧，干吗呢？以鬼压人、借鬼唬人，大院的娘们儿全不认字、见识浅，信她、怕她，敢怒不敢言。”

郑淮海不禁疑问：“就算大杂院似江湖分门分派，各自相安无事才对，何必争斗呢？”

谷二姐说：“您不知道，分派出告密的，传闲话、挑唆是非，那还不你争我斗？这种人最可气，撒谎撂屁乱起哄。拿覃姨上吊这件事儿说吧，我决不相信她自杀！”

不知不觉间大雨骤停，几个小学生背书包涌进来，吵着赁小人书。谷二姐奔过去忙碌。郑淮海感觉今天收获不小，足以在舅舅面前显摆一番。他脑海里蓦地产生一个念头，便走至柜台前，管谷二姐租了一本外国小说《茶花女》。他暗忖：“借助此书，必将敲开苏洛娅香气恣意的金屋。”

书铺外传来一阵争吵声，谷二姐闻声冲出柜台：“我的亲娘啊，他又和门口下棋的犯矫情。”她奔向大门，郑淮海尾随其后。

阵雨刚歇，屋檐下便道瞬间出现下象棋的棋摊儿，两位五十岁左右的老头儿相对而坐，面前摆着开局不久的象棋。谷二姐的爷们儿面红耳赤，跟下颏留花白胡子的老头儿吵——

花白胡子老头儿，说：“小日本投降了，咱们不能放他们回国，逮一个杀一个，以血还血，以牙还牙，报仇雪恨！”

谷达生耐心解释：“国际上的事国联说了算，不虐待俘虏，不准杀降兵。”

另一个老头儿说：“日本鬼子白白杀我们中国人啦？以我的主意，乘胜追到日本国杀他个片甲不留。”

谷达生有点发火：“瞎掰，照你意思小日本降服了，咱们军队乘船冲过大海，把东京占了。跨海作战，中国有那么大的军舰吗？”

花胡子老头呛火，道：“有，为嘛没有？！有炮艇，有木船，顶不济坐竹筏子杀到日本，咱们人多势众啊。小鬼子占领南京又烧又杀的，中国人咽不下这口气，说嘛我们也把东京烧喽。”

谷达生说：“咱们要有那能耐，就不会让小日本打进中国，占了八年。”

花白胡子老头腾地站起，怒吼道：“你他妈算中国人吗？长敌人威风，灭自个儿志气。你纯粹汉奸、王八蛋！”

谷二姐爷们儿被骂急了，上前去揪老头儿。谷二姐慌忙抢在中间拦住，向下棋老头儿赔笑脸："他大爷，我家孩子他爹混账不明事理，您多余同他一般见识。下您老的象棋。"她硬把爷们儿拽进书铺，她爷们儿仍不依不饶："我说的理直。日本人害得我好苦，我比他们更恨鬼子……"谷二姐截住他的话，说："宁肯和明白人打架，不和糊涂人说句话。回屋歇着吧。"幸亏没让老头儿听见，否则吵架又起。

目睹完短暂闹剧，郑淮海抽身走开。时近黄昏，晚霞绚丽。郑淮海怀揣《茶花女》走在大街上，心中不禁想入非非。

2

立永安大街中央，郑淮海踌躇良久，究竟奔侦探所向舅舅汇报刚探听的情况，还是密会苏洛娅小姐呢？望天色正值晌午，不如先找舅舅，顺便填饱肚子，然后借口换书进入那女人的温柔乡。

迟疑当口，珍德公寓自转门旋开，舅舅送一位年轻女孩儿出来，那女孩儿十七八岁的样子，留齐耳短发，穿身学生装，尤其一双清澈无邪的大眼睛，令郑淮海怦然心动。郑淮海不由窃喜，觉得一直恪守单身主义的舅舅开了窍，瞒着自己与女学生暗通款曲？那么蹭他一顿美餐不足为怪了。

等女孩儿消失在马路尽头，郑淮海提高嗓门儿同舅舅打招呼："少明兄，难得你亲自出门送客。"

舅舅窥透他心里小九九，说道："少在大马路瞎嚷嚷，进所里细聊。"

郑淮海坏模坏样地紧随舅舅不舍。

落座后，舅舅问他："你真会赶饭点儿，快说想吃什么，我打电话让饭馆送来。"

郑淮海嘴角挂着坏笑，道："吃不急，容我先审你。那位美貌少女姓甚名谁？你多时搭个上手的？”

舅舅说：“你满眼皆为情色男女。不妨告你，她姓华，名桂英，上海复旦法学院在读生。敝人认识她比你顶多早半小时。”

郑淮海振振有词：“男女之间相识不在早晚远近，在于情有无缘也。何况你与她同科学法律。”

“对，我不仅和她同学法科，而且志向一致——共同侦破覃淑芳案件。”

郑淮海惊疑地睁大眼珠：“你请她当助手？”

舅舅说：“我破案从来单干。她是覃淑芳亲妹妹，从报上闻知姐姐的不幸，坐火车自老家赶来，扬言配合我破案，为姐姐讨回公道。一个尚未毕业的黄毛丫头大言不惭，添乱不说，我担心她破坏我的行动方略。”

郑淮海不这么看：“众人拾柴火焰高。美少女在旁督促，你干劲儿更猛，更加不辞辛劳——男女搭配，干活不累嘛。”

“你的臭嘴穷嘟嘟，肚子不饿？”舅舅明显

不悦。

“我所言向来一针见血。得，得，我饿了，想吃玉德斋的‘爆三样’‘笃面筋’‘烩三丝’‘扒肉条’，外加米饭。”

“你宰人不见血呀。”话虽这么说，舅舅抄起电话订餐。

后来，郑淮海懊悔喝了酒，况且洋酒，他头回喝，很上头。

过午时分，饭馆跑堂的把饭菜送到侦探所，郑淮海已经饿得前心贴后心。四个菜从食盒拿出来时香气四溢，勾起他酒瘾，发现了橱柜中的半瓶威士忌，提议同舅舅喝两杯。舅舅说下午查案子不动酒。郑淮海顾自斟满高脚杯，美滋滋地喝起来。

洋酒不似中国白酒那么刚直，自始至终性烈；洋酒仿佛温柔杀手，开头绵软香甜，一杯饮尽酒劲儿随之发作，头晕腿软胆气壮。郑淮海在这种状态下，夹着书本前往苏洛娅香巢会佳人。

女用为他拉开门，悄声说：“先生，小姐正在休息，不见客。”

郑淮海勉强站直身子，说道：“苏洛娅午睡吗？我在此恭候。”

“小姐昨夜会客睡得晚，现在仍没起床。”

酒壮怂人胆，郑淮海不满地嚷嚷起来：“都什么时辰还贪睡？你通报她立刻起床，告诉她小说家郑淮海前来拜访。”

一嗓子吼醒苏洛娅，屋里传出她软绵绵声音：“请郑先生稍待片刻，我梳洗罢便出来。”

不消几分钟工夫儿，苏洛娅徐徐走出，浅妆淡抹，手帕系长发，一袭抹胸长裙，皮拖鞋。女用端咖啡放茶几，然后退一边。二人相对而坐，郑淮海被女人浓烈的香水味儿熏得发晕，暗窥见她酥胸半露，情不自禁咽口水。

苏洛娅忽然发问：“先生那位朋友没来？我不喜欢他，干侦探的心理阴暗，他们的眼睛看不到美丽和善良，只会搜寻罪恶和坏人，更不懂浪漫。”

郑淮海顺音搭腔：“我朋友很专业，他认为世界分为三种人：一种是行恶的人；一种是善良的人；一种是消灭罪恶的人。他自诩属于后者。”

苏洛娅不屑地说：“生活中哪有那么多坏人？天下本无事，庸人自扰之。依我看，人分两种：一种高等人；一种低等人。高等人与众不同，天生高贵品质，追求文明，讲究时髦，爱好新的美好的东西；低等人生性鄙陋，愚昧无知，小肚鸡肠爱嫉妒别人比他好。郑先生，您同意我的看法吗？”

郑淮海却说：“小姐看法我不敢苟同。人生下来原无差别，因生活境遇不同而造成高低贵贱。以人性而言，也无善恶之分，不过因人而异，遇事而异罢了。”

苏洛娅反驳道：“先生坐书房写小说，不了解社会民情，不知低等人的恶劣之处。拿大杂院比方，1942 年底我搬来，在此之前他们并不认识我，我更没招惹过他们，可一开始他们像深仇大恨似的仇视我、对待我、败坏我，他们合到一块儿对付我，恨不得将我扒个精光，搞臭我，挤对出大院。您分析分析，我究竟哪得罪他们了？他们的恶从何来，恨从何起？说白了，就是生气我的美貌和财富，妒忌我向往文明时髦生活。”

郑淮海琢磨不出合适的词语劝解她，敷衍道：“也许他们对小姐的生活方式产生误解，邻里之间和睦相处最好，求大同存小异嘛。”

“我做不到！”苏洛娅愤愤地说，“他们把人往死里逼，我岂能坐以待毙？郑先生，您看过一本叫《几道山恩仇记》的外国小说吗？大清朝末年香港报纸连载，后来出了书，描写几道山伯爵受陷害下了大狱，然后逐一报复害他的人。精彩极了。为何几道山伯爵复仇成功？只因他意外得到一笔财富，钱决定谁是获胜的一方。本小姐有的是钱，所以把她们统统打趴下了。”

郑淮海一时无语，摆弄手中书本。

“郑先生，您为给我送书而来吗？”苏洛娅明显缓和气氛，柔声问道。

“对对对，特意和小姐换书看，这本《茶花女》不知你可看过。”

苏洛娅笑靥绽开：“我看过，但先生送的书我乐意再看一遍。”

郑淮海仿佛喝了蜜水一般。

苏洛娅继续进攻：“我也为先生备下一本《简·爱》，我们换着看。”她叫女用取书交给郑淮海，挽留道，“若郑先生不嫌，请留下同我吃顿便饭行吗？”

苏洛娅眼中秋波荡漾，含情脉脉，郑淮海意乱神迷，满口应承。

旋即，美味佳肴摆满餐桌，女用又打开一瓶50号红酒。在美女加美酒怂恿下，郑淮海身不由己，开怀畅饮。

自过午喝到傍晚，郑淮海已然神魂颠倒，半

推半就地被苏洛娅笑着牵上象牙床，进入春梦。

子夜时分，郑淮海蓦地自梦中惊醒，发现身畔躺着玉体横陈的美人吓出一身冷汗。轻轻唤声："苏洛娅，苏洛娅。"美人不应，鼾声依旧。他惶惶不安地抱起衣裳，趁黑夜悄无声息地溜出大门。

3

七婶慌里慌张跑进侦探所，撞了锁，返身又奔1号院，果然舅舅在姥姥家吃晚饭。她一边擦拭额头汗水，一边气喘吁吁地说："大侄子呀，出幺蛾子啦？怎么冷不丁地冒出个覃姨亲妹妹？冒充的吧，姓都不一样，她姓华。可横着呢，比我这个保长都横。"

舅舅用餐巾抹抹嘴头，叼上空烟斗，慢条斯理地说："覃淑芳为艺名，本名姓华，与这位华淑英小姐确属同胞姐妹。她从老家赶来，为覃姨料理后事。"

“嘛呀，她纯粹添乱。”七婶胖脸上横肉直哆嗦，“晌午前她和评剧团小生许增光拉了半车冰条，说给尸体降温。小丫头片子厉害着呐，说不查明她姐姐死因，坚决不让下葬。我弄不清楚她真假，上楼拦着。愣被她骂出来了，她愣说源德公寓没好人。人死下土为安，她乱折腾一气，诈了尸，可怎么着？大侄子，我管不了，你得管。”

舅舅并不推辞，说：“七婶，你别气个好歹啊。我现在随你前去同她理论。”

二楼覃姨门前过道堵满了人，全是大杂院左邻右舍。他们“嘁嘁喳喳”低语着边瞧热闹。

灵堂前新添长明灯，香烛烟线袅袅。华淑英穿重孝跪地烧纸钱。一旁，许增光乖顺地垂头默哀。

人群中，陶婶阴阳怪气地嘟囔，成心让屋里人听见：“新鲜哟，哪儿冒出来认死亲的，真的假的啊？甭假么假事地充大尾巴鹰喽。”果真惹怒华淑英，正色道：“那位大姨少站外边胡吣，假的真不了，真的假不了。覃淑芳死活都是我亲姐，亲妹妹来吊孝怎么假么假事啦？！”陶婶也不含糊，搭腔道：“谁承认覃姨是你姐，凭你上嘴唇跟下嘴唇一碰就真了？街坊们评评理，覃姨孤身一人，打根底儿没亲戚来往。让她拿出良民证瞧！”人群随声附和。

华淑英不屑地回答：“良民证我撕了。”

陶婶逮着理，说：“不掏良民证，你冒充的，立马走人。”

华淑英义正词严：“良民证先前只能证明亡国奴身份，现在打跑了日本鬼子，全国光复了，拿它证明不丢脸吗？！”

陶婶被怼的些许尴尬，但她依旧使劲儿矫情：“小丫头片子强词夺理，轰她走！”

无人响应。许增光挺身而出：“我证明，她确实是覃淑芳亲妹妹！”

陶婶转过来怼他：“你算哪根儿葱？她证明

她，谁证明你呀。一块儿滚蛋喽！”

双方僵持不下。

七婶拨拉人群往里挤，被舅舅一把拽住：“人家亲属吊唁，你不可打搅。”七婶凶巴巴说：“我得管，不让他们乱闹下去。”舅舅说：“冷静，七婶你待一边，我说服他们。”七婶怀疑：“大侄子，你行？”舅舅说：“不信吗？我轻摇三寸不烂之舌立刻摆平。但我单独进屋，你把街坊们全疏散。”

七婶倒也听话，炸呼呼哄散邻居，安抚住陶婶。舅舅进了屋，关严屋门。七婶靠近窗户偷听里边情形。

大约十分钟，舅舅开门走出，一副成竹在胸的模样。七婶忙不迭上前催问：“谈得咋样？黄毛丫头还赖着不走嘛？”舅舅说：“我同她已谈妥。她为她姐姐守灵两天，后天出完殡就返回老家，不再追究覃姨死亡原因。”

七婶浑身胖肉松弛下来，说道：“我的妈耶，可算轻省了。大侄子神探，覃姨后天出殡，你破案有点儿眉目了吗？”

舅舅说：“七婶你放心，我明察暗访，终于查出覃淑芳的确死于他杀，尽管凶手隐藏很深，行迹诡谲，我掌握了确凿证据。等出殡当天我让凶手当众现出原形！”

七婶疑惑不解：“也没见你里里外外忙乎呀？”

舅舅说：“有句戏文你听过没有：运筹帷幄之中，决胜千里之外？”

七婶仍存疑虑：“你真有把握？”

舅舅将手攥成拳头，说：“手攥把掐！”

七婶愣怔许久，竟没留意舅舅何时离她远去。

陶婶刚受了一顿华淑英抢白，心里不舒服，瞅见七婶发呆，凑过来，说：“那小丫头嘴真犟，我嚼不过她。秦奶奶的儿子说服了那丫头？”

七婶想着别的，怨声怨气地说：“大院常死人，停灵七天，打副棺材一埋，得了。值得大惊小怪嘛？警察说自杀，秦少爷断的是杀人案，哎呀，搅乎得昏天黑地的，把我折腾的头昏脑涨。

我为挣二十块大洋当保长，这是招谁惹谁啦。”

陶婶说：“二十块大洋还嫌少？孙警察一月才挣十八块。”

七婶斜眼咧她：“就你算得精。廖娘前天热伤风在家躺着，我瞧瞧她去。忙完这头赶那头，我容易嘛我？”

陶婶道：“我陪您走一趟。”

七婶无明火起，冲着陶婶吼：“少跟着添乱行不，你盯着覃姨的妹妹，瞧她别鼓捣嘛幺蛾子来。叫我省省心吧。”一甩手，直奔廖娘家。

4

郑淮海不敢抬头直视舅舅，心里有愧。他与苏洛娅小姐的一夜情该不该继续瞒舅舅，他拿不准。

舅舅瞧出端倪，说笑道：“你鬼鬼祟祟的，做了亏心事吗？”

“哪里，哪里。”郑淮海暗自打定不讲实情，“我从谷二姐处查了新情况向你汇报：七婶可疑点挺多。大杂院内部分三派，七婶一派最强横，人多势众。她不仅在大院称王称霸，而且打压其他两派，搞得邻里之间矛盾重重。我接触她不久，感觉七婶咋咋呼呼，一嘴谎言。忠心追随她的陶婶跟着起哄，大院给陶婶起绰号‘瞎话篓子’，依我看，安在七婶身上正合适。”

舅舅顺他的话茬儿捋下去：“尤其她在覃姨死亡事件上的种种表现，意在混淆视听。一是七婶利用封建迷信掩盖覃姨死因，曾经说碰见披头散发的鬼魂出现覃家，经我细查尚未发现谁在作祟，可能七婶故弄玄虚。她一边到处讲覃姨冤魂不散，一边请道士作法驱鬼，给大家造成覃姨自杀无疑的印象；二是七婶以副保长身份领我兜圈子，把我们隔离知情者之间，防止深查下去；三是华淑英突然来吊唁她姐姐，七婶惊恐万状。怕华淑英从其姐家中遗留物中寻出线索，恨不得赶走华淑英，草草将覃姨埋葬，以绝后患。”

“七婶更可恶的地方在于排斥外人。”郑淮海说，“苏洛娅对我也说，她刚搬进源德公寓时，七婶带头挤对她，明面不出头，暗里挑拨离间，手段极其恶劣卑鄙。”

舅舅察觉出苗头：“你见苏洛娅啦？”

郑淮海顿觉语失，搪塞道：“我仅仅同她换书看而已。”

舅舅叮嘱他：“当心不要陷入桃色陷阱。苏洛娅背景复杂，不同于你小说里写的那些佳人，一心为爱，爱得死去活来。表演爱专属她的一种诱惑伎俩。”

郑淮海竭力否认：“我在苏洛娅面前演戏，主要从她口中探听新线索。你认为七婶是杀害覃姨的真正凶手？她目不识丁，人很蠢拙，胆敢动手杀人？”

舅舅摇头：“不识字，貌似蠢笨，不代表她不心毒手狠。但七婶会不会是凶手，还须我待查，她充其量不过当个马前卒，被人利用。真正凶手仍然隐藏背后，等案情大白时会印证我的推断。”

郑淮海感慨：“大杂院女人们之间发生的案子，竟如此盘根错节？”

这时，有人轻叩侦探所房门，舅舅唤声“请进”，华淑英和许增光拉门进屋，她已经卸掉孝服，换身学生装，头戴朵白花。郑淮海知他们有要紧事商谈，打算抽身离开，舅舅叫住他，说：“坐下吧，一起商量以后如何进行。”

舅舅叼着烟斗，忽问华淑英：“你姐姐当初爱上那位表哥，他的情况你清楚不清楚？”

华淑英眨动大眼睛，说：“我家在上海无任何亲戚，姐姐所谓的表哥根本不存在。”

许增光插嘴道：“你姐姐信誓旦旦地对我讲过，她的初恋是她的表哥，终生唯一爱的也是他。怎么说不存在呢？你年纪小，她不肯对你讲实情？”

华淑英反驳道：“不可能！我和我姐打小儿住

一屋，两人无话不谈。我有什么瞒着父母的私房话只对她讲，她有什么隐私的事儿更不瞒我。那个‘表哥’大概姐姐瞎编的。”

许增光恍悟道：“哦，你姐姐为拒绝我的追求，编了个借口？”

舅舅断言道：“‘表哥’一定存在，而且你姐姐一直暗恋他，受他影响颇深。淑英，你仔细想想，可有男人与你姐的关系非同寻常？”

华淑英深思片刻，说道：“我想起来了，同我姐走得很近的一位男友，姐姐称他佳羽哥，他在抗日救国分会工作，姐姐经常参加救国会活动，两人谈得来，他送我姐回家我见过。可他根本不是什么表哥呀！”

舅舅说：“抗日救国会属于半地下组织，组织内部并不用真名称呼，‘表哥’或许是代号。找出这位佳羽哥挺要紧，便可查明你姐姐与佳羽哥，以及组织关系，顺势调查出一些线索，包括她为何逃到天津，隐姓埋名进入评剧团，又因何原因意外死亡。我估计不错的话，‘佳羽哥’曾经同你姐生前联系紧密。”

华淑英不解：“您越说越离奇。听我姐讲过，六年前她和佳羽哥彻底断了联系。因为佳羽哥莫名其妙失踪了。我姐一直打听他的下落，四处找不到。”

沉默。

然后，舅舅又对华淑英说道：“以目前情况看，查出你姐姐的疑案尚颇费工夫儿。你人生地不熟，保全个人安全最重要。白天你守灵，晚上不要独自在大杂院，回旅馆睡觉，以防不测。旅馆我替你找好了，远离永安大街的远东旅馆，我朋友开的，安全。待会儿请许先生带你去旅馆住下。”

华淑英倔强地说：“不查明我姐姐死因，我绝不离开！秦侦探，您嫌我年纪小，怕我缺乏经验给您添乱。我翻找出姐姐遗留的一些东西，比如来往信件，还有姐姐随意记录的只言片语，里边会找出线索和证据。”

舅舅问道：“你带着啦？”

华淑英说：“没有，我已经打包旅行箱中，带到旅馆一件件细看。我就不信我查找不出蛛丝马迹。”

舅舅用烟斗敲击桌面，说：“得天独厚的机会你一定利用好。先回旅馆，等你好消息！”

华淑英问道：“您的好消息呢？明天不是揭开真相吗？”

舅舅笑了：“我故意放的烟幕弹，真相会在你手中揭开。”

华淑英同许增光离开后，舅舅感叹小姑娘心细如发，说：“这丫头了不起，神探苗子。可惜是位女孩儿。”

闷了半天的郑淮海终于开口：“女孩儿怎么啦？备不住侦探界出个花木兰。”

俩好朋友正盘算中午如何填饱肚子，温姨搀扶姥姥赶来。姥姥神色惶然，紧张得说不出话。

温姨替姥姥说道：“廖娘耍赖装疯，跪在 1 号院不动窝，非见少爷一面不可！”

舅舅不禁错愕不已。

5

廖娘真疯了。

她跪倒地板上“咣咣咣”磕响头，额头登时浸血，随之抱紧舅舅大腿不撒手，哭诉着：“秦少爷，冤枉死我。我嘛都没乱讲，可不许让我下地狱，可别拔我舌头、抽我的筋。我疼，受不住哇……”

舅舅躬身扶她，安慰道：“廖阿姨您先站起来，有话慢慢讲。”

“不！”廖娘瞪圆双眼，甩手搡舅舅一踉跄，“看在我为你家当牛做马多年的分儿上，少爷不可往死里逼我。我对秦奶奶忠心耿耿，从无非分之想。不信啊？我掏出心给你们瞧，你们瞧真着喽……”

她猛然撕开拷纱上衣，“快，快点儿拿刀子剖开瞧，我的心不黑……”温姨上前帮她掩住衣襟，再掰手，掰不开。廖娘紧紧箍住舅舅大腿不放。

舅舅无可奈何之时，外边一阵骚乱，廖娘的爷们儿气哼哼地闯进房间，七婶紧随其后，屋围聚一群邻居瞧热闹。

廖娘爷们儿范长顺长着三角眼，一副尖嘴猴腮的面容，无正式事由，生性顽劣，入了卢庄子袁文会袁三爷的帮会，以兜售赌博“花会”跑封为生，说白了就是走街串巷卖彩票的。平时仗着袁文会势力豪横，自然不把舅舅放眼中。

他闯进站立房间中央，指住舅舅鼻尖嚷道：“姓秦的，你逼疯我媳妇儿。说不出道道儿来，我今儿个跟你没完没了！”七婶一旁紧着劝：“廖娘她那口子，你嘴下留德，不许平白无故地赖上秦少爷。”他掉头冲七婶吼：“不赖他赖谁？前天他到我家找我媳妇儿要本子，没完没了，昨儿个趁我不在家，又找我媳妇儿谈半天，吓唬我媳妇儿。

打他走后，我媳妇儿不吃不喝光发傻，一夜没合眼，早起就发疯病。”

姥姥见多识广，和蔼地对他说：“你呀，先带廖娘上医院瞧病，之后呢，你有嘛要求咱坐下来谈。”姥姥态度一软，他反而更骄狂：“谈嘛？我和你们秦家谈不着，我上警察局报案，叫警察抓你儿子。”言罢，他一把搂起廖娘，来拉带拽拖走。七婶和邻居们随着一哄而散。

气得姥姥平息良久，斥责舅舅：“早劝你少掺和大杂院娘们儿的事儿，你不听，惹一身骚吧？”

舅舅用掸子扫裤腿，搭腔道：“他无理取闹肯定背后有人指使，目的很明显，就是阻挠我破案。妈，您放心，他们奈何不了我。”

姥姥说：“你总自以为是。不管是不是受人指使，你要明白人的善恶与贫富贵贱关系不大。”

舅舅乖顺地说：“我处处小心便是了。”

舅舅回到侦探所，打电话招来郑淮海，讲述发生在 1 号院的事情过程，刚交代几句。警长孙春英带了几名警察出现在门口。

孙春英挺懂事，让警察在门外候着，他一人进屋，客气对舅舅说：“对不住啦，秦局长。源德公寓范长顺将您告了，常怀德局长请您到局里走一趟。属下奉命行事，请您多多体谅。”

舅舅呵呵冷笑：“你们常局长动手够迅速，可谓急不可耐啊。”

孙春英耷拉脑袋，低声说：“没辙，这世道黑白不分、蛇鼠一窝，好不了了。”

舅舅穿上衣服，冲郑淮海使个眼色，对孙春英说：“你前边带路吧。”

其实，郑淮海不懂舅舅使眼色意欲何为，直接呆住了。

次日，在七婶主持下，覃姨葬礼的按风俗有序进行。华淑英穿重孝，替她姐姐摔盆打幡儿，众邻居陪着掉了几滴眼泪。花钱请的杠房伙计起灵抬棺材，华淑英和许增光相伴送葬，送到北仓入土为安。她按照舅舅事先嘱咐，也没返回大杂院。

七婶锁了覃姨空下的房间，手扶过道铁栏杆，冲街坊们喊：“大伙听真喽，接着过咱太平日啦！这叫嘛事呀，愣说嘛玩意儿‘红绣鞋案件’，折腾一礼拜白折腾，到了平安无事哟——”

她并不闲着，摇晃胖身子直奔 1 号院，皮笑肉不笑地对姥姥说：“秦奶奶，往后哇您老尽量少操心 2 号院的事儿，由我这个保长盯着呐。到月头儿我把她们租金收齐送到您手里，您老擎好呗。”

姥姥微笑道：“七婶你多受累。我在 1 号院等着擎好。”

七婶目的达到，美滋滋离开。她殊不知姥姥话中含义深不可测。

第四章

1

大杂院一切归于平静。各家娘们儿很快忘掉逝去的覃淑芳，一如既往地过着柴米油盐的小日子。

过往的日子怎会不留下痕迹，比如林太太从医院回家以后像换了个人，不再化妆打扮、穿金戴银，素面上皱纹累累；廖娘由疯转傻，白天憋屋子里不露面，黑夜溜出来，穿双新的红绣鞋在天井转来转去，嘴里磨磨叨叨。

覃姨遗留的屋子空闲没几天，小说家郑淮海搬了进来。他先得到我姥姥许可，接着找七婶求租。七婶略带几分怀疑地说：“那房子刚死过人，横死的，你不怕闹鬼？”郑淮海坦言：“甭说天下没鬼，即便闹鬼，你大保长坐镇大院，我一个大男人更不怕啦。我图凶宅的租金便宜。”

最初，七婶对于他住进大院的用意猜测不定，观察些日子，发现郑淮海整天待房间写作，通常下午三点多钟偷偷溜进“外国串儿”家“串门儿”，同那不中不洋的女人喝下午茶，不禁嗤之以鼻：臭男人个顶个儿没出息，哪儿腥臊往哪儿钻。

死水陡生微澜。

七婶突然向所有租户提出每月六块钱租金涨一块，说加收管理费入她腰包。人们纷纷跑到1号院找我姥姥评理求公道：“房东奶奶长年不涨价，凭嘛她七婶擅自涨价？说是嘛玩意儿‘管理费’，放屁！打有狗那年就没听说过。七婶她损人肥己，搞苛捐杂税！”我姥姥好言规劝大伙：“2号院由七婶代收房租，我插不进手，她忙前忙后的不容易，得了，把我的租借减五毛吧。”邻居们见房东奶奶拿七婶毫无办法，又主动减租金，纷纷无奈地摇头叹气，强龙压不了地头蛇啊。房东奈何她不了，何况咱平民百姓呢？尽管他们愤愤不平，毕竟惹不起七婶，她在大杂院算头儿。老百姓怕就怕权威，敢怒不敢言，但谁也不挑头儿加钱，故意耗着。七婶已知姥姥采取“绥靖”政策，胆气壮了，掐腰站天井叫号：“我跟你们大伙说，月底乖乖按新规定交费，我看哪家拖着不交？反了天？连1号院秦奶奶全听我的，我的话在大院跟皇上的圣旨差不离，不交费的，我让警察抓你们蹲班房。信不信咱走着瞧！”

大杂院悄无声息，个个躲屋子里不敢发声。赶巧，那天郑淮海拎只皮箱经过七婶身边，七婶挡住他，笑脸相迎：“郑先生，您今儿个搬家？”郑淮海点头，答道：“那边房子退了，抓紧搬进来住。”七婶说：“跟您讲明喽，下月开始涨一块钱租金。”郑淮海不明缘由，应声道：“该涨就涨，我随着。”殊不知，他头一个成为七婶“霸权”的屈从者。

死水冒了几个泡儿，然后沉静下来。

郑淮海有些后悔图便宜住进大杂院，这里的环境根本不适合写作，嘈杂而混乱。几乎从天蒙蒙亮开始噪声不断，孩子喊，女人叫，各种噪音把他吵醒。熬了一夜写作，头昏沉沉的。打算睡个“回笼觉”吧，不知哪家娘们儿同另一家娘们儿为争门口一块儿巴掌大的地儿争吵不休。好不容易“争地”纠纷平息，郑淮海刚刚打个盹儿，外面生炉子的、炒菜的声响此起彼伏，令他毫无睡意。

晌午更不堪忍受，孩子们放学回家闹着吃饭，男人们打工回来站过道吹嘘挣了多少钱，包括女人“咯咯”的得意声。过午宁静，郑淮海趁机眯觉，睡到黄昏又被大院新一波喧闹所惊醒。到了夜深人静的晚上，他趴桌子前摊儿开稿纸，但已无精打采，写不了几个字又沉入梦乡。后悔为时已晚，七婶提前收了他租房费，退是退不回来的。

每逢此刻，郑淮海将怨艾和期待的目光投向一楼苏洛娅挂着窗帘的窗户，一旦窗台出现插支红玫瑰的花瓶——他俩约定见面暗号。顿时，郑淮海倦意全无，抖擞精神奔向半小时左右仅属于他的温柔乡。尽管十分短促，且常常难以尽兴，因为晚饭前后常来男客“拜访”，郑淮海不得不匆匆离开，避免打搅苏洛娅“工作”。他仍感觉格外满足，苏洛娅把他比作情人，而其他男人仅仅算作“客人”而已。

不过，七婶却视他为苏洛娅的“客人”，暗中扇乎陶婶：“天井阴气重，‘外国串儿’不掺假的狐狸精变的，搅乎大院乌烟瘴气的；现儿今又搬进个色鬼，两人腻乎一块儿败坏了源德公寓名声。赶哪天我找警察捉他们奸。”实际上，七婶图嘴痛快说说而已，她不敢，苏洛娅后台比她硬。

几天来，郑淮海发觉陶婶的儿子一尺二时常在窗口若隐若现。

那七八岁孩子明显营养不良：头大脖子细，脸无血色，头发稀疏，瘦骨嶙峋，仿佛秋天枯萎的芦苇，而且是陷进泥沼的芦苇，破洞的背心、脏兮兮的裤衩，散发一种臭味儿。一天，郑淮海招手把他叫进屋子，给他一块饼干。一尺二塞进嘴里一口吞咽，咽得直打嗝儿。郑淮海倒杯水让他冲下，便问道："你怎么叫一尺二，学名叫嘛？"一尺二说："我，我生下来人小，用尺量刚够一尺二，我妈给我取名一尺二。嘛叫学名？"郑淮海解释说："学名就是大名，你真正的名字。"他摇头表示不懂。郑淮海又问："你不上学吗？"孩子回答："我妈说没钱上。"郑淮海叹息一声。

突然二楼传来陶婶叫声："一尺二，你哪儿淘去啦？赶紧回家塞饭。"一尺二转身朝屋外跑，又停住，眼睛盯着桌上饼干。郑淮海塞他两三块儿，他紧攥手心跑走。

下午，郑淮海刚迷糊睡着，忽听陶家陡起一阵打闹声。起先发生在屋里，不久闹到楼道。他意识到情况不妙，翻身跃起，扒窗户张望。

酒鬼董锡贵面如重枣，明显酒喝高了，嘴里骂骂咧咧，揪着一尺二的头发连打带踢，孩子大声哭叫，用力挣脱酒鬼继父的魔掌。陶婶外出不在家，几位邻居出头劝架，被董锡贵骂的不敢接近，守在一旁进退两难。

一尺二十分倔强，他不哭了，狠狠地盯住董锡贵，喊道："叫你打，你打不死我，我上警察局告你杀人！"一句话更加激怒董锡贵，他猛然举起一尺二，任凭孩子腿脚乱蹬，欲往楼下扔，眼瞧一尺二羸弱的身躯将要翻过过道栏杆。

"住手！"千钧一发之际，郑淮海冲出屋，站天井对董锡贵怒喝，"你摔死一尺二，得蹲监狱挨枪子儿！"此言惊醒处于醉态的董锡贵，他迟疑了一下，松了手。一尺二借机逃脱，一溜小跑，奔到郑淮海身边。此刻，董锡贵酒醒了几分，抱头蹲楼道咧嘴大哭。

一尺二站房间中抽烟不止，郑淮海为他擦拭伤口，顺口问道："小孩儿不要撒谎，尤其事关人命的大事。讲真话，你继父他真杀人了？"一尺二不假思索地点头。郑淮海接着问："他杀的人你认识？"孩子再次点头。郑淮海不禁一惊，拉住孩子的手问道："他杀了原先住这屋子的覃姨吗？"

一尺二抬头用警惕的眼神望向郑淮海，含糊地说了句："我，我，我妈不叫对外人讲。"随即逃离而去。

2

郑淮海去一区警察分局探视舅舅遭挡驾，一位年轻警察对他说："上司明令禁止任何人探视秦少明。"随后撇下他，返回警察局。

他漫无目的地原地踱步，内中心急如焚。他

想尽快见到舅舅，一尺二不经意透漏的情况令他惊骇无比，莫非一尺二的酒鬼继父是杀害覃姨的凶手？一旦认定，不仅使舅舅洗清罪名，脱离囹圄，而且还原了覃姨之死案件的真相。舅舅闻听此消息肯定十分满意，偏偏他无法见到舅舅。

警长孙春英双手插裤兜走下警察局台阶，若无其事地靠近郑淮海。他迎上去，说："孙警长，帮忙给讲讲情，让我见秦先生一面。"孙春英说："秦先生的案子不大，临时羁押。但警局已上报检察厅，听候法院审判。严令概不见外人。兄弟实在无能为力。"郑淮海企图拽住他，孙春英则以"我到对面杂货铺买烟"为由，似乎在躲闪郑淮海的纠缠。当他俩交臂而过的时候，孙春英私下塞他手心一个纸团。郑淮海跑到路边展开，舅舅亲笔所写的："淮海兄：勿挂念我，我挺好。以后你可与小孙联系，由他传达我的消息。我无辜被抓，属于向好的迹象，说明我们靠近真相的边缘了。同志仍需努力！少明"。

少明兄深陷囹圄依然乐观，郑淮海深为感佩。同时他担忧舅舅的案件转入法院审理，舅舅极可能被判刑。尽快查清廖娘的疯病另有起因，或者范长顺自动撤诉，方可洗刷舅舅的冤情。

温姨在胡同口堵住郑淮海，她说："郑先生，老太太请你去，她老人家急坏了。"

郑淮海情知姥姥找他的目的，想方设法营救舅舅脱离冤狱。果不其然，姥姥打开桌上放的铁盒，边抹眼泪，边对郑淮海说："郑先生，你和小儿少明算得上挚友，托你烦人托巧救救少明。用钱你随便拿，全在这儿。"姥姥将铁盒朝郑淮海跟前推了推。

郑淮海骗姥姥说，他刚从警察局回来，见着了舅舅："少明兄挺好的，气色也不错。您不用惦念。少明兄当过区警察局局长，一些警察顾念曾经受过他的恩德，所以暗中很照顾少明兄……"

"那也不能总在监牢关着啊！"姥姥突然打断

郑淮海，“郑先生，烦请你帮着找找门路，尽早把少明弄出来。”

郑淮海深知姥姥救子心切，答应道：“您放心，我即刻去办。至于钱，等有了消息我再来取。”

郑淮海之所以痛快应承下来，因为他想到一个人，此人靠山硬，救舅舅逃出牢笼，易如反掌。不错，他想到的救星非苏洛娅莫属。

说巧也巧，郑淮海离开 1 号院，刚迈上 2 号院楼梯时，便瞧见苏洛娅房间窗户摆出一支红玫瑰——他俩私定的暗号，苏洛娅向他发出邀请：此时安全无访客。

苏洛娅小姐依然那副老样子：慵懒地横躺沙发里，长发用手帕束起，偏遮一半脸蛋，倒也显出几分媚气，黑色晚礼裙散漫开，光着脚，一双白腿若隐若现。自打前不久二人有了一夜情，相聚随便了许多。

郑淮海靠沙发旁的圆椅坐下，双膝紧闭，显得很紧张。苏洛娅问他：“亲爱的郑，你愁眉苦脸的模样，究竟为何？”郑淮海如实回答：“我刚从秦奶奶家出来，老人快急出病了。她希望托人把秦少明搭救出警察局。”苏洛娅嘴角微动，说：“那个傲慢的侦探该关他些日子，杀杀他的戾气。”郑淮海恳求道：“苏洛娅，你人脉多、交际广，可谓手眼通天，请帮帮他，也算帮我，找你可靠的客人救出他。需要多少钱尽管开口。”苏洛娅从沙发坐起，抖平晚礼服，掩盖住大腿，说：“不是钱的问题，打心眼里我不乐意管。”郑淮海连连作揖，道：“亲爱的苏洛娅呀，看在我的面子上帮一把。我求你啦。此事若办成，你以后叫我干什么我绝不反悔。”苏洛娅用朗星般眼光直视他：“你讲话算数？”郑淮海发誓：“君子一言，驷马难追！”苏洛娅“扑哧”一笑：“那我试试看。”郑淮海心中一块石头落了地。

女用端来两杯咖啡，苏洛娅呷一口，似不经意地问道：“亲爱的，别把一尺二那孩子往你家里招，多脏多臭，备不齐他身上藏虱子，偷你的东西。”

郑淮海同情地说：“一尺二太可怜了，七八岁的孩子乍看像四五岁，瘦小枯干，吃不饱，穿不暖，常遭受酒鬼继父无端打骂，谁不心疼？”

苏洛娅说：“可怜归可怜，但他不该信口胡说他继父杀人！那可属挨枪子的罪名。对了，他对你说过董锡贵杀谁吗？”

“他闭口不谈。”

“亲爱的，别信。大杂院的犄角旮旯都藏着告密者，大人、孩子个个爱撒谎。因为穷，人穷志短，本性中的善良变色了。你信他们，等于自己往火坑里跳。”

郑淮海不置可否。

女用进屋，在苏洛娅耳畔嘀咕几句。郑淮海心知肚明，微笑着说：“有‘客人’哈，我告辞。”苏洛娅表现出十分不舍：“亲爱的，我真舍不得你走。”

郑淮海走到天井，碰到站门口嗑瓜子的七

婶。她追着郑淮海搭讪："郑先生啊，您刚串完门儿？"郑淮海不乐意搭理她。七婶笑呵呵说："在大院也就您和苏洛娅走得近，隔旁人我不讲，苏洛娅可招人啦，乱七八糟的客人在她那儿睡，您小心点儿，染上脏病不好治。"这话一下子激怒了郑淮海，他气急败坏道："你，你，你令人作呕！"甩下七婶顾自上了二楼。

七婶听不懂他骂人，扭扭胖身子模仿郑淮海："'你，你令人作呕'……呸！"

3

郑淮海着急忙慌地向姥姥回报苏洛娅答应营救舅舅的好消息，在 1 号院门前站着温姨，她对郑淮海说："秦奶奶有话在先，她老人家正接待外客，请郑先生稍候。"郑淮海纳闷，老太太接待何等神秘人物，竟不让他见到。

大约一刻钟工夫儿，门里匆匆走出戴墨镜、

穿长衫，裹得严严实实的矮个儿。郑淮海发觉他熟稔那人背影。温姨挡他面前，客气地说：“您请进。”

郑淮海说明来意，不料遭到姥姥严词拒绝。她几近鄙夷的神色，说：“姓苏的女人嘛货色？高级窑姐儿，为了钱卖肉的烂货。我秦家虽不算豪门大户，世代以礼数持家，家风纯正，怎么可拜求一个伤风败俗的女人？坏了秦家名声。郑先生为救小儿的好意我老太婆心领了。”

郑淮海急切道：“眼下救少明最要紧！”

姥姥冷言：“我已另求他人。”

这样，郑淮海灰溜溜地出了1号院。他无法理解我姥姥为何这般执拗，同样无法想象苏洛娅的名声在大杂院臭不可闻。自己整天同苏洛娅厮混一起，势必让大院人瞧不起，如同七婶对他那种态度。

郑淮海苦不堪言。

廖娘蹦躂到他面前，令郑淮海猝不及防。廖

娘眼睛直勾勾地盯他瞧："民国三十一年，常警官陪着日本军官查户口，我真没有串老婆舌头乱讲啊，一个字儿都没讲。我如果说瞎话，天打五雷轰。"郑淮海力图摆脱她，连声道："好好，我相信你。"廖娘勃然大怒："你信个屁！你和他们一样怀疑我，背后戳我脊梁骨，当我傻呀……"随即她"扑通"一声跪倒在地，拽住郑淮海裤腿央告，"你们放过我行不行，以后我缝上嘴，嘛话都不瞎噗噗，趁无人时对你一人讲。你饶我这一回吧……"边说边"咣咣咣"磕头。郑淮海不由得一阵心酸，在他印象里，廖娘属于大院女人中佳品，虽年近四十岁，风韵优雅，如今沦落成这般田地，怎不叫人唏嘘不已。

七婶同陶婶手挽手的出现让郑淮海解脱了。她俩好像出胡同买粮食，手里拎着空面袋。七婶见状，拉起廖娘，话里带刺儿地说："唉哟，廖娘，你疯病犯得出圈，改花痴啦？逮着年轻小伙子不撒手。"廖娘反手扑向七婶，仍旧那一套词儿。

七婶左推右挡难逃她穷追不舍。

陶婶冲上前，一把揪住廖娘衣领，怒喝道："你坏就坏在你这张臭嘴上，装疯卖傻顶嘛？到死你得下地狱，进了拔舌狱，小鬼们天天拔你舌头，拔断了接上再拔，疼死你。"此言吓呆了廖娘，她发呆片刻，哭喊着往2号院奔去。正与她爷们儿范长顺撞个满怀。范长顺斜眼瞟瞟对面三人，遂对廖娘说："哪个不长眼的欺负你，我他妈的废了他吃饭的家伙。"廖娘反复唠叨："我怕进拔舌狱，我怕进拔舌狱……"范长顺安抚道："咱不进拔舌狱。你先回家，等我见了秦老太婆，回头再收拾他们。"

廖娘顺从地点头。范长顺趾高气扬地越过郑淮海身畔，大步跨进1号院。

不光郑淮海百思不解，连七婶和陶婶同样纳闷，"秦奶奶召见顶风臭十里地的杂八地干吗？"陶婶跟七婶嘀咕："廖娘过去多么臭气的人儿，她爷们儿'范秃子'吃软饭的，在她面前大气不敢喘。如今翻了个儿，‘范秃子’变成爷，她倒成孙子了。”七婶感叹：“女人多能也成不了气候，一吓变疯，乖乖受爷们儿管，正应了那句古话：脱了毛的凤凰不如鸡。”她扭脸发觉郑淮海偷听她俩说话，抖抖面袋，腾起一股粉雾，说：“陶婶，咱赶紧借粮去，耽误了时辰，抢不着棒子面儿。”

郑淮海讪讪地往大院走，迎面碰见推车送书的谷二姐。

谷二姐热情同他打招呼：“郑先生啊，您最近咋不去书店租书？”

郑淮海借坡下驴，说道：“我正要到小人书铺租书，巧了，我随你去。”

一人推车，一人跟随，二人并肩走向荣业大街。过午时光，马路行人稀少，初秋的风轻轻吹拂。

路上，郑淮海问起日本人到大杂院查户口的事儿，谷二姐吃惊地说：“您知道这事啊？那阵势邪乎极啦，大半夜的‘呼啦’冲进老多日本兵，端着带刺刀大枪，个个像凶神恶煞。带头的是个官儿，由警察局常局长陪着，点头哈腰忒孙子。说查户口，抓抗日分子。南市平常很少见到日本兵，吓坏了大伙。折腾半天，根毛儿没抓着。又上廖娘家查嘛东西，待了好一阵子，才撤走。您不知道呀，当夜，廖娘断断续续地哭了一宿，吓得呗。”

郑淮海随口问及一尺二说他继父杀人：“这孩子的话可信吗？”

谷二姐道：“您不知道哇，酒鬼董锡贵干过杠房，常年同死人打交道，天不怕地不怕的。他干杠房前入了混混儿的锅伙，是个横行南市的杂八地，打架动刀，抽死签下油锅凶着呐！”

他又问：“覃淑芳有无可能为董锡贵亲手所害？”

谷二姐举棋不定：“论理不像，论人拿不准。反正董锡贵和覃姨挨门住，经常欺负人家女流之辈。小孩儿的话您信一半。”

郑淮海听着，一一记心里。

警长孙春英站在街角茶叶店门前抽烟，他碰到郑淮海和谷二姐便径直奔过来，寒暄道：“二位上哪儿啊？”郑淮海答道：“小人书铺租小说。”孙春英掏出根儿烟卷递过来：“郑先生，请抽烟。”郑淮海连连摆手：“谢谢警长，我不会。”孙春英强买强卖，把烟卷夹在他耳朵缝：“烟卷提神儿，先生写作时发困，抽它两口顶顶。”说着，边冲他挤挤眼。郑淮海心领神会，取下耳朵缝夹着的烟卷，藏进衣兜。

在小人书铺胡乱借本书，回到大院家中急忙撕开孙春英强塞的烟卷，里边夹张字条，为舅舅亲笔所写，委托郑淮海另外做一件事。

4

郑淮海在玉华台饭庄意外碰到范长顺，他难

免很惊讶。

范长顺和几个帮会的同伙喝五吆六地猜拳喝酒，凭他们的身份和破衣烂衫从无资格进入高级饭庄的，况且他们身上应该缺乏付账的钱。自从抗战胜利之后，甘当汉奸的袁三爷情知罪责难逃，早已隐藏起来，帮会的徒弟们如树倒猢狲散，坑人的花会随之解散，管“跑封”拉花会票的范长顺断了进项，穷得吊儿郎当，哪儿弄钱来此大吃大喝？

大堂管事的迎接郑淮海，请他进雅间，郑淮海摆手拒绝，他打算听听范长顺他们议论些什么。

酒壮怂人胆，范长顺涨红着脸，调门儿高八度：“哥儿几个甭跟我客气，你们尽管照贵菜、高级酒点，今儿我他妈的付账。甭扫听细情，我得了外财。马不食夜草不肥，人无外财不富嘛。”

同伙非要刨根问底，正中范长顺下怀。他“嘻嘻嘻”笑半天，说道：“我的外财呀，像‘飞来凤’，白白落我手心。我们大院房东傻老太婆白送我的，求爷爷告奶奶地央求我收下。多少？你们甭不信，白花花的一百袁大头！为嘛呢？听我一一道来。她儿子嘛自称侦探，三番五次地查我娘们儿。你嫂子吓出疯病，我能饶了他？报案，抓他进了局子。秦老太婆求我撤诉，放他儿子出来。这么着，硬塞我钱。阔人全他妈的傻帽，花钱消灾。我范某是嘛鸟？脱裤子不认账、放屁赖他人的主儿。我不撤诉，隔三岔五地敲她几笔。她那倒霉儿子接着吃牢饭吧。嘻嘻嘻……”

郑淮海听个满耳，恨不得冲过去揍他几拳。但他眼下要事缠身，不得不忍住愤懑，随管事的进入雅间。

管事的提壶给郑淮海倒茶，说：“您喝茶润润肠胃，饭菜七爷为您点好，先吃着？”

郑淮海冲范长顺那桌努努嘴。管事的不屑地说：“臭下三烂玩意儿，不知哪儿得了笔横财，来饭庄摆阔。这小子从前跑封，坑了不少图便宜的女子。恶有恶报，他欢实不了几天。”郑淮海说：

“我见小程子，然后再上菜。”“好嘞。”管事的应声退出雅间。

不大工夫儿，小程子怯生生地出现了。郑淮海打量他，简直像长不大的孩子，二十岁出头，面白精瘦，神情紧张。

郑淮海打开舅舅的字条，按照上面所写询问：“半月前，你在药店买过信石粉？”

小程子垂头不答。

“瞒着没用，信石粉能毒死人。我查过药店，登记了你名字。”

小程子抵赖：“我买了怎么的？家里闹耗子，拿它毒耗子。”

郑淮海紧逼不放：“你太太正因为喝了你掺了信石粉的酒，险些丧命。”

“不对！”小程子尖叫起来，“我没往酒里放那东西，她不想活，自个儿掺酒里喝的。”

“如何证明？”郑淮海说道，“你们夫妻积怨很深，你毒杀她合情合理，辩解也没用。杀人未遂罪该坐牢的。”

小程子女人似的哭了起来：“先生，您少冤枉我。我恨她到外边偷人，可我胆子小，不敢下手。那天我俩大吵一通，当我面她喝药自杀。不信，您亲自问她。”

郑淮海低头看字条，又问：“你先后买了两次信石粉，为什么？”

小程子说：“头一回我偷偷买了信石粉，刚出药店碰见巡逻警察，带头的是常局长，他那人厉害。我心虚掉头跑，被他们逮着，没收了那包药。隔两天我又去药店买回一包。”

郑淮海见字条内容全问完，对小程子说：“你出去忙吧。我俩的谈话不许告诉任何人，那样对你不利。懂吗？”

小程子抹干眼泪，唯唯诺诺转身离去。

郑淮海一直挨到范长顺那桌散伙，方才走出玉华台饭庄，暗中尾随走单儿的范长顺。

其时已半夜，马路冷冷清清，街灯光晕昏黄，照射走路趔趄的范长顺。这家伙喝得五迷三道，一路趔趔趄趄哼着小曲，说着胡话。郑淮海盯梢他的目的单纯，找个没人地界揍小子一顿，以解淤积心头的愤恨。

范长顺拐进挂红灯的胡同，显然他打算今夜留宿娼家。突然他停住了，解开裤子站角落撒尿。这时，胡同冲出两个黑影，其中一人张开麻袋套住范长顺，另一人抡起木棍猛擂。起初，范长顺嘴挺硬，从麻袋里喊："爷们儿，打错人了吧？老子在袁三爷手下干事，不怕赶明儿我师傅袁三爷废了你们？"抡木棍的说："吓唬谁呀，臭汉奸姓袁的已成丧家之狗。今儿打的就是你小子！"用劲儿更狠，范长顺疼得"嗷嗷"直叫："唉哟，唉哟，好汉饶命，我跟你们无仇无怨干吗劫我？"抡木棍的说："劫你？想得美，今儿要你小子的贱命！爷爷我心善，叫你死个明白。你撒谎撂屁陷害秦先生进局子，秦先生何许人也？你敢招惹他？活该天堂有路你不走，地狱无门你闯进来。你认头吧。”范长顺哭哭啼啼哀求：“我混蛋，我财迷心窍受人指使，我该死。好汉爷爷，给小子指条活路……”

抡木棍的歇了手，说：“爷爷手下从不留活口……得咧，看秦先生的面子给你指条活路，不清楚你这孙子走不走？”

范长顺死里逃生，感恩道：“好汉爷爷，您是我再生父母。我按您指的明路走。”

“两日之内，你小子亲往警察局撤诉。如若耍赖，两日后便是你的死期。死也要你死个明白，爷爷一不用刀子捅，二不用棒子打，爷爷给你来个‘勒死狗’，随后扔海河喂王八。”

范长顺闷麻袋里已然屎尿全泄。

郑淮海远远目睹全过程，不禁拍手称快。他认出抡粗棍子的是舅舅朋友七爷，心想七爷闹这一出，少明兄出狱在望。

5

黄昏时起雾，夜越深沉雾气越浓。

郑淮海心绪安定许多，趴桌子写连载小说。一连几天忙东忙西，报社编辑催了几次稿，说备用的连载稿只剩下三段，闹稿荒啦。他稳住躁动心抄起钢笔续写。

大院一片宁谧，偶尔听见来自遥远天际夜的呼吸声。郑淮海凝神苦思，似闻“沙沙”脚步声由远而近，一个黑影印在窗帘上。他打个激灵，问道：“谁？”随之，女人凑近窗户低声说：“先生，请您到胡同口见一面。”郑淮海答道：“好，请先行，我随后便到。”

郑淮海不信鬼神，仍不免惶惶然：“夜深人静时刻，被辨不清面容的女人引至胡同口，谁呢，召唤他干什么？”

女人伫立胡同外面薄雾中，靠近时方认出是隔壁林太太。

郑淮海定了定神，问道："你找我何干？"

林太太出言谨慎，不像平时表现那么大大咧咧："郑先生，小程子回家和我闹架，您找过他打听我喝毒药的事儿。实话对您讲，他真没下毒害我。那天他揪我头发打我，我一气之下将家中毒老鼠的信石粉翻找出来，掺酒里喝了。确真与小程子无关。"

郑淮海进而问道："他为何打你、折磨你，你们夫妻二人矛盾因何而起？"

"嗐，"女人太息一声，"打根儿上讲全都是一场误会。小程子年轻心眼小，总猜我背着他外边有男人。也赖我经常半夜出去，不告诉他见谁。我对不起小程子。俗话说，家丑不可外扬……"

郑淮海听出弦外之音，诱惑道："夫妻之间干吗非要隐瞒，如实讲明一切，不会闹矛盾啦。"

沉默。

林太太沮丧地说："两口子也有不能讲的秘密。纵然不愿对他讲实情，对您更不愿讲。约您出来为了洗清小程子，你别再吓唬他。我回家了。”

“等等，”郑淮海挥手驱散挡他俩面前的雾缕，说道，“你深夜叫我出来，光为证明小程子不曾逼你喝信石粉，你自愿喝下的。我姑且信。但我同样有问题请教，覃淑芳死亡那天下午，你去了她家，包括苏洛娅，当时情形是怎样的？”

“我追着苏洛娅去的覃姨家，为了买苏洛娅的一枚翡翠戒指。当时覃姨光哭，劝也劝不住。她一个劲儿地哭诉：薄情人、负心汉……我不清楚指谁。看样子，她不像怨恨和她打架的陶婶。其他没别的。郑先生，您放我回家，小程子睡半截醒了，瞧见我不在可就麻烦大啦。”

郑淮海颔首答应。

林太太叮咛道：“请您稍待一会儿工夫儿，等我进院后，您再回屋。”

望着女人踽踽疾行的背影，郑淮海暗忖：“这女人身上藏着多少秘密？”

天色大亮，郑淮海昏沉沉醒来。他急匆匆洗把脸，翻开舅舅的字条，确认一下地址，动身执行舅舅另一项指令。

大杂院清晨展现出典型的平民百姓日常生活场景：每家在过道生起炉子，潮湿的劈柴燃烧煤球冒着浓烟，飘散开呛人的烟气。孩子们在天井追逐奔跑，男人们打着哈欠出门找饭辙，女人则立门前慵懒地和邻居搭讪，寻常的一天便开始了。

郑淮海在街口叫辆胶皮车，奔向南市建物大街远东旅馆。覃淑芳的妹妹华淑英为他开门迎进房间。

“您请坐，我去泡茶。”华淑英拔开暖瓶木塞，将开水灌入茶壶中，换手提茶壶倒入茶杯，双手举到郑淮海面前桌子上。他背手四顾，房间清扫洁净，床上被褥叠盖整齐，角落一只旅行箱满满当当。

“你打算回老家？”郑淮海吃惊问道。

“是呢。学校开学，我赶回去报到。”

“那你姐姐案子丢下不管放心吗？”郑淮海半认真半玩笑地问。

悲伤浮上华淑英面颊，瞬间换作坚定，她说：“我放心，您和秦伯伯在呢，我姐姐的冤屈一定得到申雪。”说完，她抱几个厚本子放桌上，“几天里，我遵照秦先生指派，暗访了三十几人，他们大多是源德公寓临迁户曾经的邻居，根据他们口述整理出这些材料，供你和秦侦探破案参考。”

郑淮海翻了几页，用报纸包裹已毕，说：“待我回去细细翻看。谢谢你，小妹妹。你立了大功！”

华淑英眼含热泪，说道：“又找到我姐生前记的笔记，虽不是天天记，重要的事都有记载。留给您，其中或许查出线索。但以后您还给我留作纪念。”

郑淮海应允。

末了，华淑英说道：“我和我死去的姐姐应该感谢你们。她含冤而亡，死难瞑目，盼着查明真相还她个清白。”

郑淮海拍拍她肩膀，发誓说：“我们一定竭尽全力，查出凶手，叫他以血还血，以命抵命！”

从中午至黄昏，郑淮海埋头于华淑英提供的资料中，忘记吃饭睡觉。越看越发觉大杂院女人群里蕴藏巨大秘密，乍看脉络杂乱、混沌不清，经过他按照每人的前史进行梳理，她们的命运似海面上狂风暴雨中行驶的小舟，在汹涌海浪摧残下时刻会倾覆。生存本能左右着人性的善与恶，从寻常烟火间、琐屑的生活细节裸露无疑。

郑淮海读罢，不由得扼腕痛惜。

傍晚降临了，大院最后一股喧嚣开始：各家女人站过道炒菜做饭，铁铲炫耀地搅动锅中的菜，发出“咔咔咔”的声响，葱花混合菜籽油的香气四散开来，孩子守旁边，大声喊着：“妈，还不熟饭，我饿。”女人嗔怪地尖叫：“你饿，朝旁边卧（饿），别踩着你的小爪子。”

郑淮海忽听叫唤他的声音，1 号院温姨站立天井里。他冲出房间，扶过道铁栏杆，问：“你找我？”

温姨发大声音，说：“秦奶奶请你立刻去 1 号院。秦少爷礼拜一从警察局放出来，商量如何接回他。”

郑淮海大喜过望：“真的吗？少明兄无罪释放？”

温姨：“对的。原告撤诉啦！”

大院的喧嚣登时停止，全院的男人、女人直眉瞪眼地愣在那儿。温姨故意提高嗓门儿，嚷给大家听。

第五章

1

黄昏，郑淮海兴冲冲地从 1 号院出来，拍脑袋瓜想到舅舅在纸条上交代的几件要事尚未办理。他感觉自己已成合格侦探了，而且属于机敏果敢的侦探。他受命卧底大杂院，在受害人家中密查，何等智慧勇敢？整理华淑英提供的材料，捋出大院女人们复杂前史，多么思谋缜密？他自诩能力不在秦兄之下。

不知不觉间，郑淮海溜达到玉清池澡堂子路口，暮色苍茫，人群如蚁，南市夜生活正值热场。忽闻不远处的聚华戏院传来琴弦声，他顿觉该找的第一个目标了。

绕到戏园子后胡同，他敲了敲后门，恰巧出来了刚装扮停当的许增光。一袭古装公子打扮，粉段子绣花戏袍，蹬高靴，唯独没戴公子帽。许增光略显吃惊："郑先生，您看戏？"郑淮海顺口问："今晚演哪出戏？"许增光答："《花为媒》。"郑淮海又问："你和哪位角儿搭戏？"许增光说："本团青衣筱金凤。我领您进后台看一场，连给我指点指点。"郑淮海摇头，说："不了，戏散场后，我请你吃夜宵，在什锦斋饭馆候着。你到点儿赴约，我顺便请教一二。"许增光会意，转身关门进了后台。

郑淮海计算与许增光约见尚需两小时之后，这段时间可再见另外目标——他与覃淑芳关系最紧密。

霞姑儿子二虎悠闲地倚靠摊儿车旁，借助黄昏最后的霞光看小人书。郑淮海突然出现在面前，他不禁一怔：“哟，郑先生，您来套煎饼馃子？”郑淮海觉着肚子发空，等许增光尚待很长时间，不如吃套煎饼馃子充饥，便说：“来一套带鸡蛋的。”二虎应声道：“好嘞。”转身到车后，点火热铁板，抹油，搉一勺粥状豆面倒铁板上，手拿竹片子左右一转，稀豆面摊儿作一个圆薄饼。经铁板两面烘烤，瞬间圆薄饼呈金黄色，打个鸡蛋摊儿平，撒一把葱花，铺一根馃子，再抹油煎烤，卷成桶状涂酱汁，香喷喷的煎饼馃子制作成功，用草纸包着递到郑淮海手中：“二毛五。”郑淮海付过钱，忍不住咬一口，果然美味：面的豆香，馃子的油香，葱花的鲜香，酱汁的咸香，一一融合，形成了一种独特美食。二虎站一旁问：“味儿行嘛？”郑淮海嘴被煎饼堵住，翘起大拇哥。二虎傻乎乎一笑，抄起小人书接着瞧。

一套煎饼馃子下肚，郑淮海掏手绢擦干手，

对专心致志瞧小人书的二虎，说：“瞧得这么起劲儿，什么小人书？”二虎答：“《杨家将》，谷二姐送我看的，不要钱。郑先生，我在大杂院人缘数一数二呐，谷二姐白让我看小人书，覃姨最疼我，常塞我零花钱。好人不长命，好么秧儿的死了。我哭了两三天。”

郑淮海说：“覃姨死后第二天，你蒙着面带冒充鬼跑她房间干吗？偷钱吗？”

二虎瞪圆眼珠，急赤白脸地说：“郑先生，你可不能诬赖人，我进她房间找东西，不偷钱。覃姨活着时候对我不错，我能干那缺德事？”

郑淮海故作怀疑：“别蒙我，你找什么东西？”

二虎神秘秘地说：“谷二姐说覃姨家的衣柜藏着一个手绢包，包着一张照片，覃姨活着时候最稀罕，叫我找着交给她留作纪念。我翻半天没找着，七婶以为碰见鬼，从外边乱一通咋呼，吓得我赶紧撒丫子颠儿啦。”

郑淮海不由得追问：“谷二姐让你找手绢包

干吗？”

二虎说：“猜不着呢，谷二姐说挺珍贵的。谷二姐不让我往外讲。郑先生，你得替我保密呀。”

二虎实在，很健谈，郑淮海向他问起另一个人：“二虎，你跟一尺二关系怎样？”

二虎说：“好着呐，我比他大几岁，我们常在一块儿玩。我送他煎饼馃子吃不要钱。一尺二可怜极了，他那后爹拿他当‘下酒菜’，喝大了就打他，朝死里打。”

“一尺二恨他继父？”

“恨，恨得牙根儿痒痒。等他长大喽，一准亲手宰了董锡贵！”

“一尺二说过，他继父杀了人？”

“嘿嘿，董锡贵是个老混球，沾点儿酒成了王八蛋，逮谁骂谁，吵着杀七个宰八个。备不住杀过人。”

“会不会他杀了覃姨，然后伪装成上吊自杀掩人耳目？”

二虎迟疑，说道：“他老欺负覃姨，覃姨老实巴交忍着，不和他计较。人家送煤的‘赛李逵’瞧不过眼，揍了这老小子几回。董锡贵散酒疯时嚷嚷过：‘等我得手，弄死臭唱戏的。’郑先生，董锡贵手黑着呐，打一尺二用皮带抽，拿烧红的火筷子烫，揪脑袋往铁栏杆上撞。手黑的人，心都毒。”

陡起阵阵大风，二虎很有经验地望向天空，说：“郑先生您瞧哇，黑云从西边上来啦！‘早看东南，晚瞧西北’。这老言古语错不了，天憋着下大雨。我得立马收摊儿。”

二虎忙碌着收摊儿。郑淮海瞧瞧腕上手表，时间差不多了。他离开煎饼馃子摊儿，径直奔向什锦斋饭馆。

2

约莫深夜十点钟光景的什锦斋饭馆并不冷清：

晚晌尚未散的酒席，食客们依然兴致勃勃地抿酒聊天；刚听过戏、看过电影的人又拥进来，找座位、叫唤伙计点菜的，一通乱。郑淮海择出僻静角落坐下来，等候许增光出现。

他观察四周的人们，不禁暗忖：“和平多好啊，战争结束，赶跑了侵略者，百姓安居乐业，享受太平的生活。珍惜和平吧，这是无数人用性命换来的。”

许增光悄然走进饭馆。他卸完了妆，穿件薄呢子大衣，衣领高高立起，遮挡住半边脸。把礼帽檐儿压得很低。名演员自然不愿被外人识出，何况他和郑淮海相见，面谈内容意会又不可言传。

许增光神情疲惫，他紧挨郑淮海坐下，环顾着四周，无人注意他俩，凑近郑淮海问道：“您调查覃淑芳意外死亡有无进展？我曾经很自责，由于我无情逼迫，造成覃姐自杀，还去警局自首。后来秦侦探对我讲明原因，覃姐是被人杀害的。虽然释然了，但我依旧很愧疚，无法协助你们追出真凶。”

郑淮海沏壶茶，点了几份清淡的菜，往许增光饭碗中各种夹了点儿，说：“唱了两小时戏，你肯定饿，先垫补垫补肚子。”

许增光食欲不佳，情绪萎靡，浅尝辄止吃了两口便停筷，静待郑淮海发问。

郑淮海说道：“覃淑芳平素与世无争，我却听闻国光剧团的青衣筱金凤曾与覃淑芳争抢主角，闹得满城风雨？”

许增光道：“岂止‘满城风雨’，甚至闹到水火不相容的地步。筱金凤原先是剧团老演员，演技一般。可‘山中无老虎，猴子称霸王’，覃淑芳来剧团之前她充当青衣主角儿。有段时间筱金凤被某大官‘包了’，美滋滋去当人家外室，戏也不演了。剧团缺主角怎么行？这才四处招聘新角儿，凑巧覃姐来应聘，进了国光评剧团。虽然覃姐以前唱越剧，但功底深厚、扮相做派俱佳，团长像得了宝贝，当即请她出演主角儿。覃姐观众缘也好，爱看她的戏的人、捧她的人多，国光剧团随之风光一时。

“天有不测风云，筱金凤瞎作，染上吸大烟毛病，被大官赶出家门，没辙啦又回头找剧团混。团长当即拒绝，弄一位形如枯槁的大烟鬼上台，岂不砸大伙饭碗？岂料筱金凤背后靠山厉害，硬把筱金凤塞进剧团。她的靠山是哪位大爷咱不知晓，据传混官面儿的。有一回，筱金凤醉闹永安大街一家酒馆，她撒酒疯砸东西打人。酒馆小本生意经不住折腾叫来警察。筱金凤亮出那人名片，警察立刻怂了，非但不叫她赔偿，竟乖乖开警车亲自护送她回家。

“筱金凤无耻之极，吃回头草进剧团老实待着得啦，可她人心不足蛇吞象，非抢覃姐的主演。团长说嘛不答应。筱金凤搬出她的姘头压服团长，覃淑芳也不肯让出主演位置。怎奈胳膊拧不过大腿，团长被迫妥协，让她俩演 AB 角缓解冲突。

“筱金凤得陇望楚，扬言‘一山不容二虎，有她没我，有我没她’，一门心思将覃姐挤出剧团。别看覃姐性情平和，叫起真儿来死不认输，坚决不退让。团长无计可施，筱金凤以罢演威胁。她罢演更好，覃姐担纲主演，剧场火爆人气旺。接着，发生一件意外……”

许增光一阵咳嗽，郑淮海赶紧给他倒碗茶水。许增光呷一口，眼窝潮湿了，说：“覃姐险些惨遭毒手……”

郑淮海紧张地竖起眉毛：“怎么呢？”

外边雷声大作，雨哗啦啦降落。

许增光接着说：“那天散完场下小雨，我打算送她回家。覃姐固执，直言不许。也怪，我右眼跳个不停，心中七上八下。覃姐离开戏院不久，我暗暗沿路尾追上前去。刚拐过路口，看到覃姐丢了雨伞、丢了皮鞋，光脚冒雨朝回跑，边跑边呼‘救命！’后头有两男人穷追不舍。我顾不上许多，迎上前抱住覃姐，瞧见她耳朵、胳膊全是血。那两壮汉瞧见有人相救便溜了。我问覃姐伤得重不重？她说：‘坏人劫道，抢走我的钱包，又用刀子扎我脸，我一躲，划破耳朵和胳膊。’我不解地问道：‘坏人劫道抢钱就跑，怎么还捅人？一定有人预谋害你。’覃姐想了想，说：‘他们冲我脸去的？毁我容貌，不让我演戏啦？’我肯定地说：‘说不准是筱金凤背后使坏，雇人害你。’转天，覃淑芳向剧团辞职，说嗓子坏了，演不成戏。从此在家歇着。筱金凤果然心毒手黑，蛇蝎一般的女人。”

阵雨来得快，去得也快，饭馆外雨声稍歇。

郑淮海说：“为了糊口，你不得不同蛇蝎女人搭戏。”

许增光沮丧地说：“人生常常不得已而为之。郑先生，我已拿定主意不演戏了，回老家务农。每逢在台上与筱金凤演对手戏，心里恶心不算，覃姐的影子总在眼前晃，自觉对不住她。天涯何处无芳草，此地活着不痛快，便寻其他活法。郑先生，小弟借水代酒敬先生，从此相别，各自珍重！”

郑淮海喝尽杯中茶水，凝望许增光踽踽而去。

夜深沉，灯光朦胧，雨时缓时疾，寒意自四方袭人。

郑淮海举步走向源德公寓，路上阒无一人。刚进胡同，发觉土箱子里有东西蠕动。定睛细瞧，一尺二蜷卧其间。深秋寒凉，冻病了怎么办？他上前叫醒一尺二：“起来，起来，快回家睡觉。”

一尺二坐起，揉揉惺忪眼睛，说：“我不回家，姓董的王八蛋打我妈，把我赶了出来。我回去，他又得打我。”

郑淮海心疼地瞧见孩子额头凸起个核桃大肿包。此时，大院里隐约传来陶婶与酒鬼董锡贵的争吵声，于是他说：“我带你上玉清池澡堂子洗干净，今夜将就那里寻宿吧。”

3

澡堂子已打烊，伙计同郑淮海熟，以为他领来个小要饭的。郑淮海抱歉地说："邻居家孩子没地方睡觉，给他洗个澡，在你这儿借宿一夜。"伙计倒通情达理，说："池子水还温乎，您带他洗吧，洗完睡榻上。"郑淮海连连感谢。

一尺二大概一年半载没洗过澡，脏的像泥猴儿，身上不光有泥，一层层形成皴，又黑又亮，往池子一泡，水顿时浑浊不堪。郑淮海帮他搓洗，发现泥褪去，身上出现道道疤痕，已经结痂。郑淮海问他："你继父打的？"一尺二倔强地说："任他打，等将来我长大了揍他，照死里揍！"郑淮海不愿再问下去，孩子遭受过多大的委屈？！

洗完澡，一尺二执意不在澡堂子睡觉，非嚷嚷回家，说："我妈找不着我得急死。"郑淮海不解："你回大院接着睡垃圾箱？"一尺二狡黠地答道："跟我妈一照面，她踏实了。我到你家玩儿。"

郑淮海拍拍他小脑瓜，说："岁数不大，鬼点子不少。"此刻，正值后半夜，寒气逼人，郑淮海特意管伙计借件浴巾，裹住一尺二返回大杂院。

果然在胡同口遇见了陶婶。陶婶满脸泪水，四处逡巡，一旁七婶唠唠叨叨劝她。忽见到郑淮海和一尺二，陶婶扑过来，紧紧搂住一尺二："宝贝儿，你跑哪儿去啦，可急死妈呀！"郑淮海说："我带他洗澡。"七婶抱怨道："郑先生呀，你带人家孩子乱跑，事先打声招呼。"郑淮海实话实说："那阵我听见陶婶夫妇在吵架，我担心知会一声的话，一尺二再挨打，我擅自做主领他洗澡去了。"陶婶接过话茬儿："谢谢郑先生啊。"七婶说："董锡贵再也欺负不了她们娘儿俩了，我把他撵走啦。董锡贵敢踏进大院一步，我打折他狗腿！"

郑淮海诧异地望向陶婶。

陶婶垂下头，说："今儿晚晌，董锡贵急匆匆地赶回家，收拾自个儿东西，对我咬牙切齿地说：'爷不跟你们娘儿俩过了。从今后你接着守活寡，我另寻高就。’我纳闷呀，好么秧儿的，他干吗走呢？平时骂他撵他都赶不走？甭干了坏事跑路吧？我拦他问清缘由。他二话不说，劈头盖脸打我，一尺二拽他，他追揪着孩子用脚踹。得亏七婶上楼拉开他，一尺二才得跑胡同土箱子藏躲起来。”

郑淮海不禁追问：“董锡贵为什么突然离家？”

七婶凑过来，插言道：“臭酒鬼琢磨一出是一出。酒烧坏了他脑袋瓜，摸不着他咋想的。我追着他喊：‘姓董的，你离开大杂院，甭琢磨再回来。’他回了我一句：‘七婶，您行行好，让我走吧，秦侦探放出警局回大院，我可走不脱啦！’陶婶，董锡贵浑蛋一个，没他，你们娘儿俩清净。我求老贾为你寻个老实巴交的爷们儿，踏实过日子。”

几人进大院。七婶先回她家，陶婶停步，对郑淮海说：“我这人嘴坏心不坏，您疼一尺二，我全瞧眼里。先前我行事到与不到的地界儿，您多包涵。”

陶婶态度骤变，弄得郑淮海有些不好意思，嗫嚅道：“远街近邻理应相互帮衬，没什么大不了的。董锡贵离开你们娘儿俩了，生活平静下来，以后逐渐会好起来。倒是我担心一尺二体格瘦弱，多给孩子补充营养。”

陶婶说：“他从小儿受拎带惯了，经得住。眼瞧天亮啦，折腾您一宿，实在不落忍。”

郑淮海道：“不妨，不妨。陶婶，我打听一件事：9月3日——就是覃姨被害那天晚上，董锡贵在家吗？”

陶婶琢磨半晌，说：“他不在。早上起来说去外头找事由儿，混了一天，傍黑进家撂下十块钱，又出去了。天蒙蒙亮才回家。”

郑淮海问道：“他和谁在一起？”

陶婶说：“他常常夜不归宿，同他那帮狐朋狗友瞎混，说是挣钱养家。您这一问我倒起疑，董锡贵眼下没差事干，哪儿弄的钱？别合伙做坏事吧？”

郑淮海借题发挥：“一尺二提过董锡贵杀人，他敢吗？”

陶婶说：“咋不敢？董锡贵蹬三轮之前干杠房、抬死人，他不怕死人，还怕杀活人？我这辈子嫁错郎，嫁给董锡贵这么个挨天杀的混蛋，算倒了血霉！”

郑淮海暗忖：“董锡贵今晚为防少明兄释放出来查他，慌不迭开溜，会不会牵扯覃淑芳案？但断定他慌张外逃，必然被少明兄抓住了什么把柄。”

东方天际浮出一线熹微，郑淮海同陶婶母子各自归家。

头昏沉沉的，郑淮海倒床上眯了一觉，冷不丁惊醒，床前凸立一人呆呆望向他。

郑淮海翻身跃起，惊呼道：“廖娘？你擅自进我房间干什么？”

廖娘正儿八经地说：“郑先生，实在抱歉，我贸然闯进你家，找你谈谈。”

郑淮海端详对方，她一改往时疯癫模样，目光坚定，充斥一种信任。郑淮海仍不免惊慌，请廖娘坐书桌旁椅子，他拉开房门，站门边。廖娘说：“郑先生，你大可不必紧张，我不愿继续装疯卖傻啦。”

郑淮海试探地问：“你从头至尾全在装疯？”

廖娘颔首：“对，我被逼无奈呀！秦少爷明天放出来，我没脸面对他……”

郑淮海一针见血：“怕他报复你？！但是你装疯陷害秦侦探又为何？”

廖娘道：“说来话长。我被人抓住小辫儿，不得已而为之。请您和秦先生原谅一二。”

郑淮海正襟危坐，细听端详。

廖娘不敢抬眼看他，叙述道：“我坏就坏在嘴上，嘴上没把门儿的，如今后悔已晚。千不该万不该，我不该认识苏洛娅，更不该那么信她、崇拜她，遭到她的出卖。

“我平素瞧不惯大院娘们儿，个个目不识丁、俗不可耐。苏洛娅搬进2号院，我眼睛一亮，多么气度非凡的女人啊！读书认字，谈吐优雅。大杂院的原住户同她没法儿比，那些娘们儿稀里糊涂过日子，苏洛娅懂生活、懂爱，我心里遂生结识她的愿望。我开始注意苏洛娅，她家天天高朋满座，那么多男人簇拥身畔，追求她、巴结她，令我非常羡慕。不错，苏洛娅漂亮，可我也不丑，论身世和学识我比她强。为嘛我得不到真正的爱呢？

“或许您闻听我那点儿腌臜事，同小叔子范永顺偷情。尽管我一颗心全扑他身上，范永顺见异思迁，对我并不用真情。我特别苦恼，心想苏洛娅比我强的地方是会爱，懂得爱的‘技巧’，干吗那么多男人拜倒她石榴裙下，轰不走赶不散哪？

“这不嘛，我特意接近苏洛娅，向她吐露心扉，趁机学得叫男人黏身边不离开的技巧。嗨，岂知我呀自作自受，一失足成千古恨……”

4

“郑先生，记得上回您同秦少爷在我家取得那本登记册嘛？”廖娘抬起头，胆怯地望着郑淮海，说：“祸头由它而引起。”

“前后来了两批逃难新租户，秦奶奶派我一一登记造册，我遵嘱做了。由此产生误会，那些人以为我在大院管事，都主动接近我，对我讲不少他们的陈年旧事，我顺手记下来，无其他目的，更不为存心留他们秘密，图个玩儿玩儿而已。我不在意，有人可当宝贝，七婶挖心眼儿地琢磨搞到手，方便她控制大院所有住家，三番五次找我索要，我不给她。七婶一计不成，又生二计，糊弄日本人抄我家，拿走了本子。那个本子在日本人手里不顶屁用。幸亏我留了一手，誊写一份留着。我千小心万小心，最后折手在苏洛娅身上。

“苏洛娅压根儿不知有登记册，我不过将里头每家的秘密对她讲了。我傻呀，对信任的人不设防，我和范永顺的丑事也同她和盘托出，指望她指点迷津。说者无心，听者有意。大院的娘们儿合伙挤对她，苏洛娅不吃亏，一一进行报复——采用的正是我提供的东西——整个大院每家每人的臭底子全抖搂出来。

“大院的娘们儿暗地里扫听谁泄露了各家隐私，我心里有鬼，常常睁眼到天亮。七婶起初怀疑谷二姐，她走门串户，三天两头租书给苏洛娅，想当然地认为谷二姐是‘内鬼’。后来不明因何解除了对她的怀疑。

“七婶凶巴巴的眼神集中我头上，因我通晓大家伙秘密。这时大院发生覃姨上吊事件，她们暂时放松了对我的戒意。之后，秦少爷和您找我取登记册，七婶才知道我仍然私藏着那个本子，顺理成章地联想我告密，明里暗里咒骂我是‘串老婆舌头’‘死后下十八层地狱’，顺便将我跟范永顺的暧昧关系公开出来，骂我‘一女侍二夫’‘拉帮套儿’。我哪敢接茬儿，让我那混蛋爷们儿得知细情更遭罪。正巧，一天，七婶请道士做法事，墙上挂着‘十八层地狱图’，我看完后，害怕急了，加上连日失眠恐慌，当晚精神崩溃了，犯起疯病……万万料不到，我连累了秦少爷，被我爷们儿坑害蹲了班房……”

廖娘讲得口干舌燥，郑淮海倒杯白开水，她“咕咚咚”一口气喝干。

郑淮海趁她喘息空隙，问道：“廖姨，我闻听覃姨平素与大院里女人井水不犯河水，你觉着覃姨之死同谁有关？”

廖娘抹抹嘴边水渍，说道：“我预料您会问我这事儿。以前这样，后来变了，覃姨死前和苏洛娅突然近乎了，不少人瞅见她三番五次到苏家串门儿，原因不明，跟她的死有无关系，我不敢瞎猜。您问谷二姐吧，民国二十八年闹大水，我、覃姨、谷二姐躲小人书铺待过几天，我觉着覃姨对谷二姐肯讲心里话。”

郑淮海陷入深思。

廖娘徐徐朝门口挪动脚步，变得支支吾吾：“我该死，对苏洛娅乱讲时，添油加醋掺杂不少瞎编的事儿。比如：谷二姐管林太太借钱开小人书铺是真，赖账不还是假；谷先生因脏病腿瘸，也是我胡咧咧的；我对苏洛娅讲过一桩秘事：覃姨暗恋她表哥，打老远从南方追寻过来，那表哥叫佳羽，覃姨说她曾在马路上瞅见表哥在汽车里坐着，可惜一晃而过……哎呀，我糊涂呀，作孽呀……”

郑淮海听不下去了，愤懑地嚷起来：“你堕落成告密者！何苦非要煽动是非、无辜伤人呢？简直不可思议。”

廖娘羞愧得无地自容：“我鬼迷心窍啊，就为讨苏洛娅喜欢……郑先生，请您替我向秦少爷解释，我并不存心琢磨害他。当时我中了邪，迷乱了心智，才变得疯疯癫癫。求他原谅我……”

郑淮海答应道：“我会的。”

让廖娘唠叨一个时辰，郑淮海倦意全无，匆匆洗把脸，整衣出门。在天井被七婶使劲儿往家里拽。郑淮海焦急地说：“七婶，我要事在身，稍后再去你家串门儿。”七婶神色恓惶，道：“就屁大工夫儿我放您走。”郑淮海无奈，随她进屋。

七婶随时关严门，恐惧地说：“郑先生呀，邪了门儿啦！昨夜个我刚迷瞪着，似睡非睡那阵，覃姨飘飘忽忽进了屋，披头散发背对我，穿着她上吊时候穿的一身白睡衣。当时我心里清醒着呐，明白覃姨托梦给我。她抻着长声对我说：‘七婶，我冤呐。我哪里是自杀，是被人害死的，你替我申冤呐。’我吓得魂儿都没啦，仗着胆子问：‘覃姨谁害的你？对我说，我赶明儿报告警察局。’她不答。我又问：‘是大杂院的人吗？’她还不答，说：‘天机不可泄露。终有一天你会知道谁害得我……’说话间，她朝外飘走。我说：‘覃姨，咱姐们儿处了不短时间，你死得突然，我真舍不得呀。你转过身，让我再瞧瞧你。’覃姨说：‘不行，我怕一转身吓坏你……’这工夫儿，覃姨没了影儿，我吓醒了。郑先生，覃姨平白无故托梦给我为嘛，莫不是她真被人害死的？”

郑淮海道：“七婶，秦侦探早已断定覃淑芳为人所害，你执意不信。险些耽误破案进程。”

“啪啪”，七婶狠抽自己俩耳光，说：“我该死！请秦侦探赶紧破案吧，我怕覃姨老来托梦，吓不死我，也得把我招到那边去。”

郑淮海调侃她：“七婶不必担忧，你常说‘不做亏心事，不怕鬼叫门’吗？你做亏心事啦？”

七婶赧颜：“唉哟，郑先生呀，您哪壶不开提哪壶。我心眼窄，私念重，做过对不起大院的事儿。我往后改还不行？”

郑淮海叮嘱：“知错必改才对嘛。看你以后的表现啦。”

七婶恬脸说：“我改，我改。”七婶想接着唠叨，郑淮海温言劝过七婶，急忙抽身出来。

踏上永安大街，郑淮海茫然四顾，他猛然忘

掉何去何从。

5

聚德轩茶社寂静如常，远处几位茶客围桌子饮茶、嗑瓜子、闲聊。

郑淮海叫了一壶碧螺春，借助茶社安静的氛围思考。茶杯中热气袅袅，他的思绪慢慢延长——

自从潜入源德公寓2号院，同大杂院的女人们朝夕相处，他感受底层人们蒙受战争带来的苦难，尽管她们之间存在种种明争暗斗，几乎全是鸡毛蒜皮，无根本的利害冲突；虽说她们有这样那样的毛病，但本心善良。

至于覃淑芳遇害案，无任何迹象是大院女人们所为，莫非另有他人？可案发现场偏偏就在大杂院，理应不会逃出大院女人圈？郑淮海百思不得其解。几天来，他翻看几遍华淑英记录的大院女人们的“前史”，同样理不出头绪，线索庞杂，漫无边际。自己写小说尚可，破案能力匮乏，那只能等少明兄破茧抽丝、一显神通吧。

郑淮海又有了主张，不必再访这个、查那个，专心把华淑英的材料整理成文，供少明兄参考。他大概从其中寻出蛛丝马迹。

想至此，郑淮海结了茶钱，返身回家，干自己该干的事儿。

第六章

（以下是郑淮海依据华淑英提供的资料，对大杂院几位主要娘们儿前史的梳理；以出场先后为序）

1. 七婶

七婶大名叫韩贵芬，她的身世很晦暗，父亲死得早，母亲带着俩哥哥在老家种地为生，她16岁嫁给南市的老贾。那时老贾二十啷当岁，天生逗眼，外号“斜眼老贾”。他家仨妹妹、俩弟弟，他行大，家里穷得叮当响，吃了上顿接不上下顿，否则不会娶个农村媳妇。他无正式职业，自谋差事做小贩，穿梭于南市各戏院贩卖崩逗儿、萝卜和烟卷。

斜眼老贾精明，善于巴结戏院的人，同庆云戏院卖票的常怀德拜把子成了盟兄弟。于是又另添挣外快的业务——为观众传递手巾把——一种特殊而有趣的服务。每天斜眼老贾将手巾煮热，撒上花露水闷篮子里，拿到戏院等候叫要。长时间憋闷热的戏院里听戏人，汗流浃背时，召唤“手巾把”擦汗，像斜眼老贾这样的“小二”们则远远地飞掷向叫要者，随后收取小费。

类似操作需要“技术”，常常远距离扔抛，或从过道抛向中间座位，或从二楼抛到楼下，且保证准确无误。老贾手生、眼斜、技术差，一次甩“手巾把”时，不巧“啪”的一声砸在阔太太的粉脸上，碰掉她翡翠耳坠儿，这可闯了大祸。阔太太的先生当即给斜眼老贾俩大耳刮子，逼他赔偿价值不菲的耳坠儿。从此也断送了斜眼老贾挣外快的营生。

斜眼老贾砸了饭碗儿，苦闷地糗家唉声叹气，七婶劝自家爷们儿，说："咱那另打锣鼓重开张，琢磨干点儿别的挣钱。"斜眼老贾说他没辙。一没力气扛大个儿，二无本钱做生意，光会弹三弦。七婶来了兴头儿，说："妙哇，你能弹三弦，我在老家学会几段唱词儿，你我搭配沿街唱曲儿，赶上红白喜事跟着掺和卖唱，不信挣不到钱？乱世哪都不好，唯独钱好糊弄。"斜眼老贾经不住七婶见天儿地在耳边翻来覆去叨念，遂动了心思。

斜眼老贾重整琴弦，七婶轻施脂粉，二人开始走街串巷卖唱生涯。新兴的文艺形式逗起人们兴致，有时在人家院子里唱，有时掺和红白喜事中唱，有时混进妓院给窑姐和嫖客凑趣。怎奈斜眼老贾弦子拉的稀松平常，七婶仅会几段粉段子，渐渐地"生意"冷落，无人问津了。两口子辗转

"三不管"地界撂地卖唱。起初尚可挣点儿铜子，可好景不长，不久警察便以他们唱黄色小曲、搅乱社会风气为由，将他们抓了。抓他们的凑巧是刚刚混上警长的常怀德。

常怀德把斜眼老贾拽到酒馆，责问道："玉祥，你干吗不好，撂地唱黄段子，丢人现眼不说，也挣不了几个子儿啊？"面对盟兄弟指责，斜眼老贾眼泪"簌簌"直掉，说："晚晌心生千条路，白天还得卖豆腐。我没本事呀！"常怀德劝慰他："本事靠琢磨出来的，路靠走出来的。你兑一家小买卖干，天天进钱如流水又安稳。"斜眼老贾说："我何尝不想，可苦于无本钱。"常怀德挺仗义，说："本钱我替你凑，你琢磨个像样门脸儿。"斜眼老贾说："我早琢磨上源德公寓胡同对面那家杂货铺，人家姓甄的正干着呐。"常怀德办事决绝，说："玉祥，不用你操心。你惦着的那家买卖，我负责挤对走它，你接到手干！"

没过多久，那家杂货铺被查封，常怀德亲自

带警察封的，理由是贩卖假盐坏醋。斜眼老贾顺理成章地接管到手，成了掌柜的。贾氏杂货铺开张之时，七婶一下子顿悟了："我的妈耶，原来这世道权比钱更横！"

七婶顿悟那刻，眼珠四处寻觅，发现大杂院的权力中心在 1 号院，在我姥姥的用人温姨手中。那时南市尚未实行保甲制，温姨名义上叫"管事的"，管理 2 号大院住户一切日常事宜，诸如收房租、收电费；受一区警局领导，维护治安、传达区各项指令、召开居民会议。总之官不大，权力不小，称得上大杂院最高执政者。租户们可以不尿我姥姥，对温姨却畏惧三分、言听计从。

七婶连续几天愁闷睡不着觉，心窝窝里的几只虫子爬来爬去，痒得她寝食难安。她觊觎"管事的"权位，思谋如何弄到手。她琢磨，我姥姥的下人干得了"管事的"，她也能干。接着她想起常怀德挤对走老杂货铺的路子：找碴儿栽赃、釜底抽薪。不如照方抓药，鼓捣温姨让位。

温姨并不容易鼓捣，她待人宽厚，居民怵她，也敬她。七婶决定拉同盟者，她相中了陶婶。陶婶因常常拖欠房租，因温姨多收几分钱电费，便同温姨争闹不休，二人矛盾越陷越深。一天，七婶跨进陶婶家，关门嘀咕了一过晌。而后，七婶满面春风地走出陶家，她预感离成功不远了。

区公安局收到一纸告发信，揭发源德公寓管事的温香玉借收取2号院电费之际，贪污电款累计三块八毛五分。平常警局并不把毛八七的贪污当回事，这次则大动干戈，警长常怀德亲自调查取证，确认举报属实，当即罢免温香玉。现场聚齐大院住户进行改选。陶婶带头推举七婶接任，其他人随声附和。在他们看来，当“管事的”光尽义务镚子儿不挣，而且费力不讨好，谁愿意干谁干。就这样，七婶当上了2号院的“一把手”。

常怀德带人撤走后，七婶即席发表她的任职演说，气汹汹地说了一句话：“往后我说嘛你们听嘛，不听说的自找倒霉。”七婶从此大权独揽、小权也不分散，大院人们终于尝到她的厉害。也不好跟她计较：一是碍于情面，甘愿忍受；二是习惯性惧怕权势，得过且过混日子。

“七七事变”爆发，日军全面侵华。攻占北平之后，继而攻打天津。月底，轰隆隆的大炮声从金刚桥那边响个不停，大杂院内人心惶惶，担心日军侵入南市。几日不见日本人的影子，倒迎来了一批逃反者。

夜深时分，胡同口乱哄哄堆了许多人，七婶以为来了日本人，赶紧翻箱倒柜踅摸日本“膏药旗”，慌乱中踅摸不着，拿大白纸上沾块圆红纸颠颠跑出去迎接。在天井劈头撞见廖娘，廖娘问她：“七婶，你慌慌张张地去干吗呀？”七婶说：“鬼子围住胡同，我当管事的容易嘛，舍命应付他们呐。”廖娘嗤笑道：“你手里举的幡儿？”七婶说：“对，我给这帮王八蛋的打幡儿，咒他们早死早托生。廖娘，你呢？瞧热闹？”廖娘说：“七婶你弄岔乎啦。聚在胡同口的不是日本人，是打市政府那边逃难的老百姓，他们的房子被炸没了，逃难到南市，打算租公寓房子临时住下。秦奶奶心善，同意全部接收，叫我过去登记。”七婶一屁股跌坐台阶上，说道：“我的妈耶，吓得我心跳腿软。哎，不对呀。秦奶奶理应招呼我，我管事。干吗叫你哪？”廖娘用嘲讽的口吻解释说：“我曾经给秦奶奶当管家，她老人家信任我；再就是我识文断字，你大字不识一个，连自个儿名字都不能认，也不会写，登记租户的差事你干得了？”七婶从台阶站起，气咻咻地转回家。

七婶文盲，自认矮人一头，时不时召集居民开会，以显示她的权威。她拉上陶婶开讲，自己在一旁站脚助威。陶婶粗通文墨，口才也还可以，把什么“中日亲善”“强化治安运动”，包括献铜献铁讲得天花乱坠。大家心里既气又恨，背地里给她起外号“瞎话篓子”。会开的时候一长，霞姑忍不住了，数落陶婶：“你这不老娘们儿的裹脚布——又臭又长，到饭口了，耽搁我们回家做饭。”说完起身便走，其他人一哄而散。陶婶被晾在那儿，七婶嘴嚼着干窝头当零食吃，登时噎住了，呛得直咳嗽。

殊不知，逃反来的新租户，尤其在 1942 年投奔源德公寓的租户对七婶形成了威胁。

第一批七八家外来户，其中为首的林太太原址住城里，明眼人一瞧便知她出身大户人家。林太太瞧不起七婶，暗里常说七婶愣充大尾巴鹰。1939 年发大水，南市街道变成黑水河，人们集中在二楼躲避。穷人愁吃愁喝，富人大吃大喝。比如清晨小贩划船送早点，煎饼馃子、烧饼加酱肉沿街售卖，一手交钱一手交吃食。林太太将钱放篮子里，用细绳子吊进小贩船中，小贩再把盛早点的篮子原路送回。林太太和小程子闷在房中饱餐一顿，瞧得七婶眼馋不已。七婶不仅眼馋心更气。后几次压服了林太太，方算罢了。

那年日伪政府实行保甲长制，七婶混上了副

保长，穿制服、戴徽章，每月拿着二十块钱薪水，更加神气活现。

岂料，1942 年又来了一批来自英法租界的逃反租户，对七婶来说，是更大的威胁。“外国串儿”苏洛娅挑头儿。说实话，苏洛娅并不打算招惹七婶，她昏天黑地地忙于她的“业务”，根本无暇顾及七婶的感受。七婶最怕被人忽视，她彻底被激怒了，难以容忍新租户视她如草芥。于是，七婶仿照打压林太太那样教训一下“外国串儿”，令她见识见识嘛叫“马王爷三只眼”。

一天傍晚，七婶领着警察闯进苏宅，身后簇拥一群街坊邻居。七婶很客气地请苏洛娅到华乐南街参加卫生检疫。苏洛娅十分纳闷，问道：“我身体健康，无病无恙，去哪儿检疫？”七婶回答干脆：“到华乐南街妓女检疫所检疫。上峰有指令，做你这种行当的每月都得检疫。”把苏洛娅当作窑姐儿。登时，苏洛娅气的差点儿昏过去，发怒也不顶事，在街坊一片起哄声中被警察连推带搡弄走了。

事后，七婶自以为得计，让“外国串儿”苏洛娅威风扫地，丢尽颜面，看谁还敢再扎刺儿！其实七婶犯下了致命错误，受此奇耻大辱的苏洛娅预谋反击，一旦她出手时，七婶包括大院其他女人均遭受灭顶之灾。

（郑淮海解析：照以上情形分析，七婶和覃淑芳素无仇怨。虽然覃淑芳自视清高，与大杂院女人并无来往，但是她懂得人情世故，主动讨好七婶。时常免费送戏票给七婶。七婶偕同斜眼老贾美颠颠地去聚华戏院的包厢看戏。既然她们之间不存旧仇新恨，七婶似无存在杀害覃淑芳的动机。）

2. 陶婶

陶婶对我姥姥吹嘘的不假，她年轻时入嫁豪门大户，吃过山珍海味，出门坐包月车。但她隐瞒了关键点——她非明媒正娶，受夫家纳妾，官称：三姨太。好景不长，爷们儿吃喝嫖赌抽大烟，败光了家业，手头拮据，又改抽白面儿，末了冻死街头成了“倒卧儿”，破席一卷丢在乱葬岗子。眨眼间，富家破败得一干二净，各门争分遗产后作树倒猢狲散。

那年残冬一个雪天傍晚，陶婶抱着三岁的一尺二在马路茫然徘徊。她茫然无措，不晓得何去何从，更不奢望往后日子能有多好，只求今夜她母子找处落脚地界。冒着漫天大雪，盲目地走过这条街再转向另一条街，年轻的陶婶叫天天不应、叫地地不语，她盼望有人帮她拿主意，该去何处避风雪？以后怎么活下去？恰逢此时，她邂逅了进货归来的斜眼老贾。

陶婶楚楚可怜的模样令斜眼老贾停步打量她：女人二十七八岁左右，细皮嫩肉，身材苗条，模样标致，她顶风冒雪抱孩子流落街头，莫非投亲不在、靠友遭拒？斜眼老贾上前搭讪：“瞧您原地转磨磨，迷路了吧？”一句话捅着陶婶痛处，眼泪“簌簌”往下掉，竟然对面前陌生男人吐露不幸经历。斜眼老贾劝她：“大妹子，大雪天带孩子再冻出个好歹来。天傍黑赶紧找地界住下！”陶婶说：“我以前大门不出、二门不迈的，现在两眼一抹黑，压根儿找不到住的地儿。”斜眼老贾说：“我寻家小旅馆安排你们娘儿俩先住下。可长久不了。不瞒您，我在源德公寓住，我家那娘们儿当保长，我回去叫她在公寓租间房子，租金不贵，一月五块钱。您总算有了窝，以后咱们当邻居互相照应，顺顺当当地过日子。”陶婶再度泪流满面，这回属于感激的泪水。

斜眼老贾替陶婶背包袱，陶婶自己抱着一尺二，踏雪寻旅馆，转了几条马路，在南市清和大街“三义栈”找到落脚地。“三义栈”顶多算丙级小旅馆，经理加伙计才俩人。安顿好陶婶母子，斜眼老贾奔回大杂院，和七婶商量帮陶婶租房。斜眼老贾实话实说，丝毫不隐瞒，因为他在七婶眼中屁都不算。七婶被爷们儿绘声绘色的讲述感动得直抽噎：“大雪天被婆家赶出家门，又带个孩子，太可怜啦。我们姐儿俩命相同啊！我立马找秦奶奶要房子，租金得便宜。”

转天，斜眼老贾带着好消息出现在“三义栈”小旅馆，他怀揣另一种心思。干小买卖的人从不吃亏。待陶婶对他感恩戴德地说：“您两口子对我胜过再生父母，我怎么报答您呐？”斜眼老贾逗眼一转，说：“想报答也容易啊。”陶婶立刻明白他的意思，点头答应道：“但仅此一回，将来搬到公寓，您别再琢磨了，要不我对不住七婶。”斜眼老贾保证道：“一回就一回，从此各不相欠。”

二人匆匆脱了衣裳，在旅馆肮脏的床上成其好事。

他俩结了“账”，陶婶对斜眼老贾的感激也荡然无存了，反而感觉亏欠七婶许多。以至于对七婶唯命是从，七婶指哪儿她打哪儿；同时，她认为七婶是大杂院最具权威且无可替代的人物，维护她等于维护了大杂院的存在和安定。

七婶待她如姐妹，常说："你靠帮人家'缝穷'养活自个儿都难，又带个孩子多业障？我叫老贾帮你寻个男人，人好人孬在其次，由他帮衬你凑合过。"七婶磨破嘴皮子地劝着，终于说服了陶婶。

斜眼老贾肯卖力气，果真为她踅摸到男人，杠房的伙计董锡贵，年近四十岁，长得五大三粗、黑不溜秋，陶婶不中意，经不住七婶苦口婆心劝，无奈只能长叹口气道："得嘞，我认命。"

新婚之夜，夫妻竟然闹得热火朝天。喝得醉醺醺的董锡贵对陶婶"霸王硬上弓"，当着一尺二的面撕扯陶婶的衣衫，脱裤子强干那事。陶婶推脱时闻出他身上一股怪味儿，问道："嘛味儿呀？"董锡贵笑嘻嘻道："我天天抬死人，死人味儿呗。"陶婶闻言，捂嘴干呕不止。董锡贵不管不顾"霸王硬上弓"，疼得陶婶撕心裂肺地叫喊。一尺二误以为继父打他妈，扑上去咬董锡贵，被他一脚踹下床。新婚洞房里大人叫、小孩哭，惊动了七婶。她和斜眼老贾闯进陶家，见此情景气不打一处来，上前抡圆了胳膊，“啪啪”给董锡贵俩大耳刮子。瞬间打醒了董锡贵，跪地上磕头求饶。陶婶捋捋蓬乱鬓发，抹干眼泪，直冲董锡贵发狠说：“从今往后，你甭想沾我身子！”一旁，斜眼老贾偷着笑，他好像预知了今日结局。

七婶劝陶婶：“嫁汉嫁汉，穿衣吃饭，为了儿子你将就吧。”陶婶倒是跟董锡贵将就了，但她绝不让粗鄙的爷们儿碰她。夜晚让一尺二躺他俩中间，董锡贵也只能自己动手浇灭欲火了。

做个不恰当的比喻：陶婶把七婶当作爷们儿那样的主心骨。尽管她深知七婶身上坏毛病不少，比如权力瘾大、嫉妒心强、满嘴瞎话。但她都信以为真，甘愿受其驱使。

刚闹日本那阵儿，苦难开了头。天塌了，生活碎了，亡国奴的日子难挨，大家心里又恐慌，男人丢了工作，见天儿地四处寻饭辙；女人不敢逛街，怕撞上日本兵受欺辱。华界围了铁丝网，穿粑粑色儿军服的日本兵把守，个个凶神恶煞一般，碰见他不鞠躬，举刺刀就挑。马路游荡着逃反的男男女女，他们夜宿街头，孤苦无依。后来董锡贵拉胶皮车谋生，挣钱不多，他贪酒，整天喝得酩酊大醉，酒壮怂人胆，常站楼道不明不白骂海街。

大杂院犹如监牢，人们困守其间。林太太从城里逃难住进大杂院，陶婶曾视林太太为知己，同在大宅门生活过，彼此心有灵犀，共同语言多，走动勤些，今儿你来我家串门儿，明儿我上你家串门儿，一坐便是大半晌。

七婶看不顺眼，劈头盖脸地奚落陶婶："人不能太势利眼，瞧人家林太太阔，你使劲儿往上靠哈？你呀，就是个糊涂蛋。林太太趁钱，不明不白哪来的？她嫁个年轻小白脸儿不算，夜里常常朝外跑，为嘛？会姘头呗。从姘头那儿弄钱养小程子。你攀不上人家，人家也不拿你当根儿葱。躲她远点儿！”陶婶经七婶一拱火，逐渐疏远了林太太。

1939年洪水退去后，评戏名角覃淑芳重新搬回了大院，换了房子，紧挨陶婶旁边的小屋住下。两家本应相安无事，井水不犯河水。怪就怪陶婶的爷们儿董锡贵，他处处招惹人家。

大院住房小，过道窄，每家放只炉子占去一半，再搁劈柴、煤球和破烂儿，走道得侧身而过。董锡贵贪，欺负覃淑芳独身一人，暗暗把破烂儿往她窗台下挤放，把煤末团成的煤饼子贴在她房门旁墙壁上。覃姨性子绵，听任他侵占。偏偏半路杀出个程咬金——送煤的“赛李逵”，他同董锡贵熟，俩人曾为酒友。某天他给覃姨送完煤，冲着董锡贵叫号：“‘酒篓子’，你他妈像话嘛？破烂儿东西堆人家门口，这不明摆着欺负人家没爷们儿吗！”董锡贵惹不起“赛李逵”，乖乖地挪破烂儿，腾地方。可等“赛李逵”离开，他又偷偷搬回来。

等“赛李逵”再来送煤，碰到此情景又找董锡贵闹，三番两次地惹恼了“赛李逵”，索性将董锡贵那些破烂儿装上煤车拉走了。董锡贵敢怒不敢言，做缩头乌龟。陶婶不免气不忿，一个唱戏的下九流，靠送煤的拔闯。她对覃姨心生怨气。

覃姨上吊那天晌午发生的争吵，则是陶婶积怨已久的发泄。当然她丝毫不知覃姨当晚自杀。陶婶因此后怕了很久。

1942年，日伪政府推行“粮食强行管控”，百姓与大米、白面彻底告别，每天吃供给的花生饼、豆饼，那纯粹是牲口吃的东西，豆粉里掺杂锯末、草根，甚至沾染耗子屎，人难以下咽，而且拉不出屎。一尺二几天都不解大便，陶婶用手替他往外扣，疼得孩子“哇哇”大哭。

这时，“外国串儿”苏洛娅搬入大杂院。戏剧般的出场注定成为大院那些女人仇恨的目标：一辆卡车，后边跟着三辆排子车，停在胡同口，车上装满席梦思床、衣柜、梳妆台、酒柜等家具，另带着众多包袱裹的衣物。一群打零工的忙着卸车，一件件扛进她的新居。最后，苏洛娅身穿洋装钻出轿车，撑起遮阳伞，拿手帕捂住口鼻，娉娉婷婷地扭着腰肢迈进天井。

众邻居瞧傻了眼。男人瞠目结舌，女人妒火燃烧，纷纷议论：这女人是中不中、洋不洋的“外国串儿”呀！她这岂止是搬家，是赤裸裸地炫富、示威啊。

在其后一段时间里，形形色色的男人从后胡同登堂入室，与“外国串儿”喝酒、跳舞，通宵地开洋荤。大家这才顿悟，合着是洋窑姐啊，大家都议论，这是拿清清白白的2号大杂院当成了窑子窝？！至此，大杂院这些女人对苏洛娅怒目而视、同仇敌忾。陶婶特别佩服七婶，因为七婶率先给“外国串儿”下马威，带领警察逼迫她上“妓女检疫所”检查脏病，当众让“外国串儿”下不来台。

陶婶积极配合七婶，她鼓动儿子一尺二围追“外国串儿”起哄，不光一尺二一人，他还带着一群孩子，专等她出现，追着身后唱不知谁编的童谣：谁是你的娘，哪个是你妈？八国联军都是你的爸……苏洛娅臊得没地方躲、没地方藏，一溜烟地落荒而逃。

这一切促使大杂院风波迭起。陶婶自然难逃厄运。

（郑淮海解析：陶婶在大杂院很遭恨，得罪人也多，其中包括覃淑芳。因为两家争门口巴掌大地界产生的矛盾，但也不至于动杀机。陶婶儿子一尺二曾扬言其继父董锡贵是杀人犯，属于一个孩子的激愤之言。若董锡贵真杀了人？杀的是否是覃淑芳？仍无法得以印证。）

3. 林太太

大杂院的那些女人对林太太猜忌有三：第一，

她为何那么阔绰，钱来自何处？第二，她为何经常深更半夜外出，难道真如七婶所言，她是去会姘头吗？第三，她在大院中和“外国串儿”、谷二姐最熟络。

林太太大名林玉媛，祖上三代经商，富甲一方，全家住老城里一幢二层小楼。轮到她父亲这辈不再经商 ，她父亲弃商从文，当了中学校长。林玉媛行六，她上边有五个哥哥，林父格外宠爱林玉媛，视她为掌上明珠，捧在手心怕掉了，含在嘴里怕化了。自然娇惯了林玉媛花钱大手大脚的毛病。

天津沦陷不久，在日本人扶持下筹建伪维持会，派出个头目动员林校长率学校教师和学生参加庆祝大会。林校长严词拒绝，说：“本人参加不了，更不可带学生。”头目软硬兼施：“如今是大日本天皇的天下，你最好诚心配合。识时务者为俊杰嘛。”林校长答道：“我算不上俊杰，不过平头百姓一个。”头目变色道：“林校长执意违抗皇军，可没有好果子吃，想想你的一家老小吧。”果不其然，林校长被吓住了。沉吟片刻，林校长探问道：“我怎么才能不参加？”头目说：“除非你走不动道了。”林校长大悟，说道：“好嘞，我明白了。三天后你们听我准信儿。”

转天，林校长将女儿林玉媛叫身旁，叮嘱道：“国亡家怎保全住？听爹的话，你先逃命吧。我已托付对面开书店的谷先生，在南市源德公寓租间房，你在那里暂避一时。等打跑日本人，再与我们全家团聚。”未等林玉媛明白过来，书店老板谷先生雇辆车，把她拉到源德公寓 2 号院住了下来。

第三天早上，伪维持会头目又来催逼林校长。林校长笑吟吟对那人说：“我按照你指的道儿走，你们擎好呗。”言罢，他拉开二楼窗户，纵身跳了下去。当时林校长摔成了瘫子，果真参加不成什么庆祝大会了。

为林玉媛租房的谷先生非别人，正是一年后

在荣业大街开小人书铺的谷二姐的丈夫谷达生。

与苏洛娅有交情，缘起于林太太的婚礼。

林太太和小程子的婚礼的确有些铺张，虽无双方亲友参加，她事先将请帖和喜糖分发给大院街坊们。婚礼那天，新郎、新娘站家门口迎候，无一人前来贺喜随份子。邻居们若无其事地照常做饭、聊天，或出胡同逛街。唯有一群孩子围门前嬉闹要喜糖。林太太从未遭此冷落，感觉丢尽颜面。临晌午时，“外国串儿”苏洛娅款款走来，送上一份厚礼，陪二位新人吃了喜面。至此，林太太视苏洛娅小姐为知己。

下午，谷二姐推一车书进院，顺便随份子，抱歉地说：“上午带爷们儿谷达生去医院看腿疾，他那条腿伤了之后，一直好不彻底，从骨头里溃烂，经常到医院换药。”林太太同谷氏夫妇交情深，不禁一番嘘寒问暖，聊至黄昏才分手。

七婶习惯深更半夜沿大杂院巡查，恪守当保

长职责，多次碰到林太太慌里慌张打外边归来。七婶盘问她良民证带没带，干吗晚晌吃完饭出门，大半夜的刚回来？林太太避而不答，令七婶产生多种猜疑。不久，“林太太深夜外出会姘头，弄回钱养小白脸儿”这一消息便在大杂院传开了。渐渐地，传进了小程子耳朵里，他年轻气盛，不愿落个“吃软饭”的名声。起初暗生闷气，不与林太太同床，后来实在隐忍不住，屡屡盘问她夜间去处。林太太说她看望瘫痪在床的父亲。小程子不相信，说：“你娘家住城里，你跑去杨柳青找谁？”林太太解释：“自打小日本打进天津，她娘家全回了老家杨柳青，怕日本人打听到一家藏身处，因故瞒着所有人。”小程子扭脸不再搭理她。两口子僵持不下，闹起冷战。

传话的传到小程子所在的玉华台饭庄，伙计们替小程子愤愤不平，娶个大七八岁的女人不说，还不守贞洁，替小程子不值，替他琢磨出个坏门儿：往女人私处塞东西，比贞洁裤衩管用，她就和姘头干不成那种事。小程子照做了，林太太难以蒙受如此屈辱，末了，喝药自杀。

（郑淮海解析：林太太与覃淑芳形同路人，互无往来，可以排除其涉案可能。）

4. 廖娘

人对于自己的形象皆有设计，抑或刻意求之。廖娘做姑娘时曾设计自己为端庄淑女型，嫁予能文能武的俊才美丽一生。命运对她开了玩笑，使她梦成又梦碎。

廖娘上过几年学，在大杂院那些女人里，算得上高学历；曾经在 1 号院替姥姥管家。她自恃清高，瞧不起院里围锅台转的俗妇和目不识丁的庸夫，以至于年近三十岁竟无某个男人入她法眼。

1939 年那场大水令廖娘感受孤苦无依的滋味，她必须抓紧寻个男人嫁了。

大水涨的突然而猛烈，很短时间便淹了马路、胡同，1 号院积水足有一米多深。她和姥姥搬到二楼躲避。不久我舅舅秦少明接走姥姥和女用温姨，留廖娘看院子。一连七八天大水不退，她枯守空宅，凝望楼下黑汪汪的水，不禁垂泪涟涟。

等生活归于正常后，廖娘相中一个精明的小伙子，经常来源德公寓“跑封”、推销花会彩票的范长顺。当时大院女人喜爱这种博彩，投钱不多，幻想中彩贴补家用，即便中不上也图个玩刺激。廖娘也买花会票，渐渐与范长顺熟络了，小伙子虽长相平平，却能言会道，特别会讨女人喜欢。一来二去，两人私订终身，廖娘辞了管家的工作，在 2 号院租间房成婚。

很快，廖娘后悔不迭，爷们儿表面精明，实则是个俗不可耐的草包。除了在袁三爷手下混社会，身无一技之长，张嘴骂街、动手打人、躺大马路耍赖皮讹人，典型的杂八地。多次逮进警局，幸亏被袁三爷保出来。廖娘既失望又伤心，恰逢此时，她遇见范长顺的弟弟范永顺，鬼使神差地一见钟情。

范永顺与他哥哥完全不一样。他在一家银号做职员，英俊帅气、谈吐文雅。穿身阴丹士林布大褂，戴礼帽，夹个皮包，平时“跑业务”，拉客户存款。常在附近跑街，中午顺道在哥哥家吃饭。范长顺像没尾巴的苍蝇常不着家，廖娘十分热情地招待小叔子。范永顺狼吞虎咽吃着，同时用甜言蜜语讨好嫂子；嫂子含情脉脉地旁观，不时偷飞媚眼；一个未婚少年，梦里几番偷食禁果；一个失意女人，壮硕的胴体爱欲膨胀。二人犹如干柴烈火一点就着，不可控制地行了苟且之事。大杂院的人眼贼，慢慢瞧出端倪，背后讥诮廖娘“拉边套（指一女侍二夫）”。唯独瞒了范长顺。

偷情有个惯例：越来越大胆，越大胆越刺激。范永顺跑街晚了时辰，借故留宿哥哥家。廖娘为哥俩备酒、备菜，把范长顺灌醉。乘他熟睡时，两人在范长顺身旁做那种事。幸好范长顺从未发觉，叔嫂二人偷情一直没露馅儿。

廖娘心中有鬼，屈尊巴结七婶。以七婶做靠山，其他街坊不敢多言。实际廖娘错了，七婶属于什么人，抓住蛤蟆都要攥出尿的主儿，几次登门查看外来户的登记册，不但看，还打算据为己有。廖娘不敢轻易出手，因为册子登载两批逃难到大院住户的秘密，她婉言拒绝七婶说："您拿那东西有害无益，不如先存我这儿。"

廖娘尚不了解七婶的贪婪本性，凡无知蠢人则不容别人违抗自己意愿，明明毫无道理也不容违抗。七婶已经对廖娘心生不满。心高气傲的廖娘掉头依靠新住户苏洛娅，她从登记册中隐约感觉苏洛娅背景深厚，与任伪职的高官暗通款曲，同苏洛娅处好关系，七婶奈何不了她，更何况他人？

可廖娘又错了，她忽视了一条处事准则：小

人不可轻易得罪，何况七婶更惹不起。1942年冬季一个夜晚，日本宪兵和伪警察冲进大杂院，他们经人告密，在七婶带领下追查反日分子和共产党。七婶领他们径直奔向廖家。当时廖娘刚脱衣躺下，一阵“砰砰砰”的砸门声吓呆了她和范长顺，哆哆嗦嗦地藏床下不开门。七婶叫嚷道：“皇军搜查共产党分子名单，别躲着，快开门！”范长顺明白躲不过去，拉插销开门，“呼啦啦”地闯进了好几个日本兵和警察，为首军官胳膊缠着白色袖章，“噼里啪啦”地讲了一通日本话，站旁边的翻译官说：“有人向皇军禀报，你家藏着一本反日分子和共产党地下人员花名册，赶快交出来！”范长顺丈二和尚摸不着头脑，连忙说：“您禀告皇军，我是袁三爷高徒，跟皇军是一家人，我家不藏那东西，真的大大地没有。”“啪”的一声，翻译官给他一个耳刮子：“少跟皇军玩儿这里格楞，袁三爷算个什么东西？提他屁事不管。不交出来你们一家死啦死啦滴。”范长顺跪倒在地，磕头如捣蒜，哭嚎着：“我家真没有哇。七婶能作证。”

七婶从背后钻出来，冲廖娘挤鼻弄眼：“就那本登记册，给他们了事吧。”廖娘战兢兢地取登记册拿给翻译官，翻译官双手捧给日本官，喊声：“开路。”他们才撤离大杂院。

其实那本登记册毫无价值，很快被日本人丢一边了。廖娘留了个心眼儿，曾誊抄一份，即后来交给舅舅的那本。

廖娘想过谁充当了告密者？不得不联想到七婶，即便她本人不出头，难免她背后指使。她同七婶结的梁子越来越深。

女人之间或嫉妒，或欣赏，极少出现崇拜。廖娘就崇拜苏洛娅，她猜不透对方。苏洛娅充满神秘感：忽而高贵，忽而卑贱，忽而待人亲近不设防，忽而拒人千里之外。廖娘在这种神秘的诱惑下臣服了，坦白出大杂院所有秘密，因此陷入万劫不复的境地。

（郑淮海解析：覃淑芳性情孤僻、独来独往，廖娘从不同她交集，也可排除廖娘的嫌疑。）

5. 苏洛娅

苏洛娅曾对郑淮海说："天鹅蛋同鸡蛋放进一个筐子里，在别的地界儿不可能，只会在大杂院发生。"她用自负的口吻说的此番话，将自己比作了天鹅蛋。

苏洛娅自负而招摇地跨进 2 号院之际，注定站在大院那些女人的对立面。

很长时间里，苏洛娅并非明了原因所在。每人按自己的生存方式活着，为了活着各行其道。她们视自己为异类，恨不得把她摁泥里再踹几脚，可这恨由何生呢？

街坊们除了对她无故地怒目而视，对她指指戳戳，一群小孩儿追着唱贬损她的童谣，末了，七婶带着警察逼迫她去妓女检疫所检查脏病，彻底将她扒个精光。苏洛娅已然无地自容。其实在那个年代，社会上普遍存在的观念是笑贫不笑娼，不管说做妓女还是当交际花，大家都承认这是一种谋生职业。那么，则因别的原因遭受了敌视，究竟为何？苏洛娅不愿多想了，更不情愿受屈了，她蓄谋实施报复。廖娘主动接近，为她提供了充足的反击子弹。

七婶老毛病改不掉，喜欢召集开会，显示个人权威。眯过晌午觉，她照镜子梳理头发，抹点儿刨花油，大步跨进天井，扯开洪亮嗓门高喊："开会喽！"

街坊们拖着慵懒脚步，走出各自家门聚拢到天井。七婶挨家点名，哪家缺勤，她让陶婶一一记在本子上。苏洛娅姗姗来迟，身边跟着女用，拎了张折叠椅，放好后，她坐下，跷起二郎腿。一旁邻居纷纷躲开，如同躲避瘟疫。

七婶很享受这种氛围，可以充分体现她唯我独尊的权威性。大伙坐定，七婶使眼色，陶婶心领神会地读上边发的宣传册子，见天儿的重样儿——宣传“中日亲善”“东亚共荣”“强制治安”……翻来覆去读了好几遍，为的耗时间。有人忍不住发牢骚，这个说：“七婶呀，老一套糊弄人的玩意儿，我听得耳朵起茧子了。”那个说：“小日本矬，脑容量也小，琢磨不出新鲜玩意儿，当放屁得喽，还臭死人。”此时七婶站起指责：“都别瞎说，有人报告给皇军，抓你们进白帽衙门挨皮鞭、灌辣椒水。”顿时，众人噤声。

蓦地，苏洛娅开口了，一副懒洋洋腔调儿：“你们瞧见了吗？前天下午两点钟一架美国飞机飞过，那是美利坚合众国的 B-25 飞机。”林太太插嘴道：“对对，我瞧见啦，飞得老高老高呢，小日本高射炮打不着。”

随之引起议论纷纷：

“美国大兵要打过来，那日本皇军快完蛋啦！”

“可不说呢。最近街上瞧不着日本人，个个躲起来了吧？”

“我在旭街见过两日本兵崽子，过去一个个的挺胸腆肚的，现在都低头耷脑的了，眼瞧要完蛋的倒霉样儿。”

“那敢情好，当了七年多亡国奴，简直憋屈死了。我们可有出头之日了！”

会开的跑题，七婶气不打一处来，她当即宣布：“散会。”

正当人们纷纷起身的时候，大院门出现一男一女俩生人。女人胖墩墩的、烫“飞机头”，穿着打扮雍容华贵；男人五十多岁，半秃顶，头发却梳得一丝不苟，穿一袭清布长衫。他满脸堆笑走近陶婶跟前，双手作揖，道：“太太，您一向可好？寻您真不容易呦。”陶婶愣住了，倒退两步，吃惊地问：“我不认识你呀？”男人说：“您真是贵人多忘事，我是郑家管家老王啊。”接着转脸向大院街坊说：“郑家乃城里望族，不幸几年前家道败落，太太带孩子离家出走。我们苦寻多年方打听到消息，今日到此，请太太和少爷认祖归宗。”

街坊们向陶婶投去羡慕眼光，七婶帮腔说：“总狗眼瞧人低，傻了吧，嫌陶婶眼下穷，人家从前是阔主儿，正儿八经的阔太太！”不料，陶婶突然变了脸，骂男人说：“你瞎蒙事儿，嘛管家，我压根儿没见过你。”男人讪笑，背后的胖墩墩女人冲上前，指住陶婶鼻尖，怒喝：“三姨太，我——郑家大太太在此，有你嚣张的份儿？你在郑家不过一个‘小婆儿’（她用小拇指比画），是我那死鬼爷们儿花钱买来的。今儿个我屈尊带王管家接你母子回去，看在你给郑家留了种。你装傻充愣我不管，反正我要带你儿子回家！”

街坊中一阵错愕：“三姨太？陶婶原来做小的？！”

人发怒时爆发多大力气？陶婶有口难辩，叫了声：“我跟你们拼命！”一怒之下她用头撞向胖墩墩女人，女人往回跌倒，连带秃顶管家一块儿摔个四仰八叉。七婶上前挡住他们说："闹出人命，你俩脱不了干系！先回吧，下回来找我。"七婶拍着鼓胀的胸脯。

那二人骂骂咧咧走了。

陶婶坐地上大哭。七婶和邻居扶她回屋。

之后，号称"大太太"和"王管家"的没再出现。七婶对陶婶说："我扫听啦，那俩人蒙事，有人花钱雇的骗子。太损了，谁告密呢？谁在使坏呐？"

陶婶说："我的身世只有您和廖娘知道……"

七婶断言："准廖娘没跑儿。"

七婶挖空心思猜一圈，也猜不到是苏洛娅。

但这次仅仅为开始，下次轮到七婶头上。

七婶召集开会乐此不疲，依旧是老一套，没什么新鲜玩意儿。街坊们听腻了，打心眼儿里反感，便凑一块儿拉家常。

谷二姐说："日子怎么过呀，一年到头见不着大米白面，整天山芋干豆子饼就咸菜，吃不饱不算，还拉不出屎，多遭罪呀。”

张姨说：“拉不出屎倒好，真要跑肚拉稀，小鬼子非说你得了‘虎列拉’（霍乱），把人强抬走活埋。我娘家侄子就这么被弄走，至今儿个活不见人，死不见尸。小日本太没人性。”

曹奶奶说：“我活到六十多岁，老了老了当上了亡国奴。头回听说咱中国人自个儿地里种的大米、白面不让吃，吃了当死罪杀。我过去的邻居朱先生从乡下老家弄一袋子大米，遇上巡查的小日本，用刺刀一挑袋子，大米流了出来。小日本急眼了，当场拿刺刀把朱先生活活给挑了。小日本畜生不如哇。”

大伙越说越气，会开成僵局，七婶为缓和气氛，提议带头唱汪精卫政府编的“国歌”。她清清嗓子，开唱，可她根本不懂歌词，蒙着瞎唱，腔调如先前她唱粉段子时的旋律。

“啪啪啪——”苏洛娅率先鼓掌，赞赏说：

“韩保长天生嗓音好，唱得真不错。”七婶闻言一怔，想不到苏洛娅当众捧场，胖脸笑容灿烂。

苏洛娅又说：“唯一的缺憾就是调儿不对，我倒听着耳熟。（她一拍大腿）我想起来啦，这不是韩保长当年和贾掌柜卖唱时候用的调儿嘛。（她转脸对街坊说）大家兴许不晓得吧？保长两口子从前走街串巷唱大鼓，那词儿呀粉里透黄：寡妇思夫、公爹跟儿媳妇扒灰、西门庆同潘金莲搞瞎巴……哏儿极啦。逮哪儿在哪儿唱，在窑子里也唱，后来被警察抓了。对不对呀，韩保长？”

邻居们面面相觑，他们并不知晓七婶这段黑历史。

顿时，七婶脸色红一阵白一阵，她指着苏洛娅大骂：“你狗嘴吐不出象牙，压根儿没那码子事儿！”

苏洛娅站起，说：“韩保长，有没有你心里清楚。要想人不知，除非己莫为。我送你一句话：打人一拳，得防人一脚；再送你一句：害人如害己。谁活着都不易，何必欺人太甚？！”言毕，她摆动腰肢朝院外走去。

七婶“啊”了一声，口吐白沫，倒地不省人事。大伙上前撅胳膊弯腿，陶婶掐她人中。搁了好一会儿，七婶醒过神来，号哭不止。

从此，七婶不再召集开会。

这并不算完。一天斜眼老贾的杂货铺前来了俩仨唱数来宝的，他们敲牛骨，堵店门口开唱——

杂货铺嘛本姓甄，

甄的被贾赶出门。

假变真来真成假，

背后使坏万人恨。

自古善恶终有报，

苍天不饶黑心人。

嘿，苍天不饶黑心人。

……

斜眼老贾躲铺子里大气不敢出。数来宝的一连唱了三天，斜眼老贾心里有愧，无奈关门歇业。

后来，他托把兄弟常局长出面调和，才算摆平了此事。从前的丑事被人揭个底儿掉，七婶的气焰收敛了不少。

斗蔫了七婶，苏洛娅并不肯因此罢休，她把矛头转向大杂院其他女人，继续秘密进行“揭老底”活动。邻居间不停风传这家黑历史、那家的臭底子，大杂院那些女人人人自危。

（郑淮海解析：一位崇尚爱情的女人，一位失恋的女人，二人命运迥异，可谓井水不犯河水。苏洛娅与覃淑芳凶杀案更不相干。）

6. 谷二姐

谷二姐的爷们儿同样姓谷，叫谷达生，三十多岁，瘸了右腿，平时架拐杖走路。大杂院那些女人私下说人家嫖妓得了梅毒才成了残废的。其实不然。

谷达生在老城里有一家书店，开了五六年，

书籍品种繁多，吸引不少新老读者光顾，大多是青年学生。“七七事变”后，他协助林玉媛住进大杂院。不久，谷达生遭人告发，诬陷他同“抗日锄奸团”学生来往密切。书店被查封，谷达生被抓进日本宪兵队，受尽酷刑折磨，释放出来时瘦骨嶙峋，丧失了一条腿。

谷达生夫妇在城里待不下去，辗转来到南市，同样租住进大杂院，做烟叶生意不顺，经林玉媛资助，在荣吉大街开了家小人书铺。开业当天，谷达生亲自书写牌匾“大圣小人书铺”悬挂门楣。围观人群中有人发问：“谷掌柜，您玩儿的这手新鲜呐，历来开小人书铺的全没字号，您属于蝎子巴巴——独一份儿。”

谷达生慨然大笑，道：“我的字号不为招徕读者，留心者可见其中暗含讲头儿。”

那人追问：“嘛讲头儿？说说看。”

谷达生说：“听话听声，锣鼓听音。诸位请上观：‘大圣’实为大胜，谁胜？（他拍拍胸脯）咱们中国；‘小人’指哪个？（他立起小拇指）小日本；‘书’同输赢的输。连一块儿读，就是中国大胜小日本输。”

众人鼓掌，齐称：“妙也，妙也。”

谷二姐一旁暗拽谷达生衣襟，他一手甩开，说道：“拉我干吗？怕坏人告密接着抓我一回？甭怕，顶不死我再送他们条左腿！”

毋庸置疑，在大杂院谷二姐和后来成为林太太的林玉媛关系最密，1939 年那场大水促成她和评剧名角覃姨，包括同八竿子打不着的廖娘发生交集。

洪水来势汹汹，涨潮般跨过海河岸，极短时间便拥入低洼的南市，淹了源德公寓半条胡同，接着漫入大院，天井里积水三尺深。屋子里粮食、被褥泡了，锅、碗、瓢、盆漂走了，人们被迫离开家，有的投亲，有的靠友。我姥姥被舅舅接到旅馆住，留下廖娘看守；2 号院的人基本全部撤离，谷二姐不走，她将小人书铺的书籍搬至二楼安全处，打发谷达生回城里投靠亲属，自己留守。此外，覃姨也走不开，她无亲无故、无依无靠，和谷二姐做伴住进小人书铺二楼。

覃姨性格孤僻，平素不愿与人交往，危难时得谷二姐相助，二人遂成患难之交。处了一段时间，谷二姐发觉她有几分古怪：覃姨食素而酗酒，自言食素为保护嗓子，酗酒助睡觉，二者相互矛盾；她从不主动与人搭讪，却爱听，不管别人讲述什么她静静地听，即便闲七杂八的闲话，她也不打断、不插言；更多时间她凭栏冥思，念念有词，忽而笑忽而泪浸眼窝。听不清她喃喃自语的内容，像戏词儿，又似呓语。

谷二姐善解人意，常陪覃姨饮酒，一醉方休。醉酒的覃姨如在舞台上唱戏，不唱评戏，反而唱越剧，大多为悲情苦戏段子，令谷二姐不忍卒听。覃姨最爱唱越剧《桃花扇》中李香君的一段唱。见天儿唱，谷二姐也记住了唱词——

“我不是铁石人、铁石心，却能够恨强忍，泪暗吞。你说是赋诗赠扇定了情，我从此见扇似见你官人。你说是抚瑟操琴传知音，我从此不见你面不操琴。你说是义正词严却妆奁，我劝你永远记住这仇恨。你说是何处桃源可避秦，我劝你避秦只能除奸人。官人啊，此去应以国为重，却莫要时时牵挂我香君……”

唱到动情处，覃姨泪水涟涟，好像人入戏了，悲叹李香君与侯朝宗的别离，更似怀念某个人——他会是谁呢？

不久，廖娘前来借宿，她对谷二姐央求说，1号院那边空一溜房间阴森可怖，她一个人害怕。没容谷二姐征得覃姨同意，廖娘匆匆搬来，不料覃姨老大不高兴，从不与廖娘近乎，住一起形同路人。无奈谷二姐这边照应覃姨，那边应付廖娘，好不别扭。

谷二姐为人宽厚，每天隔窗找划船送货人买

菜购粮食，再生火做饭。晌午三人凑一块儿闷头吃饭。覃姨午睡时，她拉廖娘到楼梯处聊天。廖娘善聊，谷二姐从其口中知晓大杂院街坊许多秘闻。晚饭后，廖娘早早躺下。在廖娘一阵接一阵的鼾声中，她陪覃姨喝酒，常常喝至子夜十分。怕惊扰廖娘睡梦，覃姨不再唱戏，悄声细语地说知心话，说从前在上海唱越剧如何红透半边天，又如何为找寻旧情人只身跑到天津卫，隐姓埋名四处打听情人下落。人海茫茫，情人难觅。覃姨改行学评戏，进入国光剧团，遂成台柱子。她边唱戏边等待，盼着奇迹出现。

谷二姐问她："等着那人了吗？"

覃姨沉吟良久，道："前年见过一面，看得疑惑，似他又不像他。他坐轿车里一闪而过。没看清。"

谷二姐替覃姨惋惜，安慰道："有情人终成眷属，凭你这么痴情，老天爷都会帮你，说不准哪天他突然出现在你面前。"

覃姨淡淡说了句：“但愿如此。”

那人终未出现，而评剧团小生许增光经常光顾。他弄只大木盆，用手笨拙地划水到小人书铺外，淌水上二楼面见覃姨。此时，谷二姐、廖娘识趣地躲开。那两人在房间时而说话，时而争吵，结局不出意外——许增光悻悻而去，留覃姨独自发呆。廖娘嫌许增光没囊气，隔三岔五仍颠颠跑来，随后仍负气离开。

二十多天大水不见退去，食物所剩无几，她们产生绝望情绪。廖娘和谷二姐站二楼护栏默默凝视楼下黑水。廖娘说：“我应许秦奶奶守院，万万不可擅离职守。你不必舍命陪君子，搭船去救济所求生。假如我命遭不测，你再见着秦奶奶，告诉她老人家我念她的好。只可惜呀，我心高命舛，没寻得如意郎君。”说着，泪如雨下。谷二姐陪着掉眼泪，说：“我不离开！老天爷让咱仨女人成了患难之交，活得活一起，死也得死一块儿。”

覃姨发烧咳嗽了几天，烧退了，咳嗽依旧，

但她酗酒不停。一次酒后，覃姨向谷二姐托付一桩重要的事儿，说：“我恐怕活不长了，有一事相托。（她掏出一条手绢，展开，其中加了张男人照片）他是我苦苦寻找的男人，如果你有幸见到他，将手绢和照片交还此人，对他说覃淑芳至死不忘旧情，对他的爱忠贞不渝。”

谷二姐接过手绢，上面写了一首诗：“我住长江头，君住长江尾，日日思君不见君，共饮长江水。此水几时休，此恨何时已？只愿君心似我心，定不负相思意。”

九月中旬大水退了，源德公寓的邻居纷纷返回家，消毒、清淤泥，重建家园。廖娘回 1 号院向我姥姥交差，过没多久，仓促同范长顺结婚；覃姨在许增光帮助下清扫房间，新购家具，搬进 2 号院，与陶婶相邻。

临别时，她管谷二姐索回手绢和照片，嘱咐道：“请为我保守秘密。”

谷二姐应允。

（郑淮海解析：大杂院唯一与覃淑芳走近的谷二姐，她俩从前素昧平生，因天津发大水，机缘巧合地成了无话不谈的姐妹。而且，覃淑芳将一桩埋藏心底的秘密，托付于谷二姐。此秘密对于覃淑芳来说意义重大，最怕谷二姐泄露。是不是因此二人发生矛盾？谷二姐无奈起杀心？但可能性不大，谷二姐为人淳朴，心地善良，不可能做出伤天害理之事。）

7. 覃姨

覃姨原名华淑芳，她在国光评剧团后改艺名为覃淑芳。1920 年出生于浙江嵊县（今嵊州市），1930 年进入当地“群英凤舞台班”学越剧。1938 年随团到杭州、上海等城市演出，饰演过《十美图》《花木兰》《梁祝哀史》《碧玉簪》等越剧名戏。

1940 年突然退团，辗转来津，其原因不明。1941 年，加入天津国光评剧团改演评戏，取艺名覃淑芳，入住源德公寓 2 号院。未婚。

覃淑芳因其天生嗓子好，戏曲艺术底子厚，很快在国光评剧团当上主演。1944 年，剧团新聘青衣筱金凤与覃淑芳争抢主演位置，闹出一场风波。覃淑芳自动以嗓音倒仓为名，退出国光评剧团，赋闲在家，直至死亡。

郑淮海整理覃淑芳资料（由其妹妹华淑芬提供的几册笔记）过程出现困难，它很不完整，简直就是由覃淑芳随机感想的记载，东一句、西一句，碎片化严重，难以连接成线索。深夜孤灯下，郑淮海掩卷沉思：多么纯净如水而爱意丰富的女人，为什么自杀？或者为什么被人所害？笔记中似乎搜索不出任何蛛丝马迹，即使在她辞世的前夕，仍然对爱情充满期待。莫非因爱害了她？！

虽然覃姨经历存留处空白，郑淮海以他小说家的思维考虑问题：当华淑芳唱红上海舞台时，她被人追求，抑或她也爱上那人（此人是谁，尚不可知）。二人坠入爱河后，那人突然不辞而别。

华淑芳四处搜寻他的下落，听到谎信遂毅然告别越剧舞台，只身追到天津。茫茫人海寻觅一个不知落脚何处的人何其艰难？为了生存，华淑芳改名覃淑芳，受聘于国光评剧团（至于她为何改名，不得而知），凭其深厚的戏剧功底很快成了剧团主角。

覃姨曾经与那人擦肩而过，似为那人坐汽车一晃而过，但没辨清面容，不确信。从此再无缘相见。事情就此应该告一段落。她可以继续等待，或者心灰意冷地返回家乡。这些全不重要，关键症结在于她因何死于 1945 年九月初那个溽热的夜晚？

不论判断覃姨是他杀或是自杀，均无充足的理由作为支撑。问题在关键地方存在着空白，使整个事情断裂。郑淮海逞其想象，认为有两种可能：第一，覃姨和那人意外邂逅，她欣喜过望，盼望有情人终成眷属即将成真。岂料那人已经成家立业、生儿育女，狠心拒绝了覃姨，覃姨绝望自杀。第二，那人发现了覃姨，而覃姨并不知情。那人担心覃姨的出现会破坏他的家庭，绝情地将她杀害。第三，倘若覃姨的意外死亡与那人毫无关系，她自始至终并不曾与那人相遇，或者那人根本不存在。那么，杀害覃姨的人另有他人。那人究竟为何人，为何非要置覃姨于死地？

郑淮海暗笑自己蠢，很明显他的前两种推断落入了情色小说的窠臼，后一种猜测又无证据支撑。真相也许远远比他想象的复杂，令他猜不透、断不准。

况且，他整理完大杂院那些女人的前史资料，发现大院那些女人与覃姨案件毫无关联，也就是说，她们既无杀害覃姨的动机，更无任何嫌疑可寻，那么凶手果真另有其人？目前酒鬼董锡贵最为可疑。

曙色映窗帘，郑淮海揉揉太阳穴，暗想："待秦少明出狱后揭开谜团吧。明天接少明兄出监，他是行家，侦探界高手。行家一出手，便知有没有。”郑淮海伸个懒腰，拉开窗帘，突然发现天井里堆满箱子、柜子和包袱，谁这么早搬家？同时，他瞧见苏洛娅撑把旱伞站立其间。那么，她为何急匆匆搬家？也不事先打个招呼？

第七章

1

等郑淮海奔至天井，已不见苏洛娅踪影，雇工们正手忙脚乱地往外搬运家具。

郑淮海又追到胡同口，一辆黑色“别克”牌轿车飞驰而过，车窗半掩纱帘露出苏洛娅苍白的面孔。他大声呼喊着苏洛娅名字。苏洛娅置若罔闻，面无表情，车帘随之拉严。他隐约感觉突发了什么变故，一时又猜不透原因。当郑淮海怏怏不乐地返回胡同，报童小五子递他手里一封信。上面无寄信人姓名和地址，但他立即猜到是苏洛娅留给他的，藏秘密一般塞进怀里，疾步回家。

打开信的瞬间，郑淮海一股失落感涌上心头，信中仅有两行字：“Mr.郑：亲爱的，原谅我不辞而别。我不能再见你，你更不要找寻我。切记。我永远会怀念我们在一起的快乐时光。爱你的苏”

郑淮海一遍又一遍读着信，鼻子阵阵发酸。

“郑先生，郑先生，时候不早，你该动身接秦少爷了。”温姨站天井里，双手做喇叭状呼叫他。

险些误大事。郑淮海匆忙下楼，随温姨走到胡同外。我姥姥已经为他雇了辆胶皮车等在路边，他上了车，招呼拉胶皮车的：“快，去南门外大街一区警察局。”

警察局门前，舅舅被一群警察簇拥着等在那里，局长常怀德与舅舅亲热搭讪，旁边恭立着警长孙春英。初秋的凉风吹荡他们衣襟。

胶皮车停稳，郑淮海跳下车，迎过去。舅舅

客气地同警察们道别，坐上胶皮车。路上，郑淮海说："少明兄，你受苦啦。"舅舅慨然道："淮海老弟你多虑啊。我蹲局子可享福呢，他们好吃好喝伺候我，天天留俩警察看守我，担心我耍性子自杀。你说可乐不？"郑淮海说："你少苦中求乐，凭我对你的了解，失去自由比杀了你都难受。"舅舅不以为然："你只知其一不知其二。我在里边没闲着，面壁思考调查覃姨案子中出现的疏漏，发觉思路确实有问题，得调整思路，重新开始。"郑淮海望望天空，说："快中午了，我请你吃顿高级餐，补充一下营养。"舅舅挥手说："无须老弟费心，我已派老七安排妥当。（招呼拉胶皮的脚力），拉我们转向玉华台饭庄。"

雅间内，摆满一桌酒菜，七爷正陪一位时髦年轻人聊天。郑淮海从未见过此人，打扮入时，穿身白西服，戴金丝眼镜，头发抹得油光锃亮。

舅舅与郑淮海一进门，那二人恭敬站起。舅

舅介绍说："这位小安先生是大名鼎鼎的策士。"郑淮海不解，疑惑地望着舅舅。舅舅说："策士乃江湖中高人，虽不可前知五百年、后知五百年，小安先生则身怀韬略、足智多谋，深谙推理学和心理学，通过现象精判事物本质。他曾经为北洋政府副总统的首席谋士，现在淡泊名利、隐居闹市，轻易不出山。这次我托老七请来的。"策士小安双手抱拳，道："秦先生过奖。本人会一些雕虫小技而已，不足挂齿。"老七说："安先生的师父老安先生更不是凡人，当年在'三不管'对面摆卦摊儿，一天只算十人，多一个不算。灵着呐，远近闻名。不少达官显贵前来问卜。天津沦陷那阵儿，日本在天津驻军的大官闻听老安先生大名，请他算日本'武运'长多久，老安先生掐指一算，说句'八九不离十'，换成老百姓的俗话讲，就是挨不过八九年。日本人气急把他杀了。诸位，看准不准？小日本刚过八年就完蛋啦。"

在座几人闻言，不禁唏嘘不已。唯独郑淮海

不以为然，暗忖：“自称策士、术士、谋士的家伙统统都是骗子，靠胡说八道混饭吃。少明兄也信他们？肯定在黑牢憋糊涂了。”

小安先生坦言，老安是他本家伯伯，他十来岁时同老安学过问卜算卦的技巧，后来他上洋学堂，喝了洋墨水，方知西方的哲学、社会学、心理学以及科学推理先进的多。而国人只迷信传统，不信西方科学，视之为“歪理邪说”。

郑淮海从来对算命先生嗤之以鼻，看不惯小安讲起话来夸夸其谈。他隐忍不住，发问道：“想必少明兄对你讲了源德公寓 2 号大院发生的‘红绣鞋’案件，对此可有何高见？”小安先生答道：“说高见不敢当，敝人倒是有一点浅见。源德公寓 2 号院居民属于典型的小市民生存状态，处于社会的基本层面，他们距上流社会高不可攀，与地下社会相隔，依靠忠义理智信维系，生活比较标准化且牢固——日出而作，日落而息。打个比方：它像电路那样的循环系统，一旦电流受到外部冲击才会出现意外，短路啦，功率超载啦，着火啦。他们一成不变的生活在经历战争、社会动乱或者突然变故中，常激发意外的发生，比如郑先生提到的红绣鞋案。”

郑淮海听得迷迷糊糊：“我不喜欢你的理论，太空泛。具体到覃姨死亡事件您的见解？战争已经结束，生活归于平静，而且事发前无任何征兆，覃姨却死得不明不白的；乍看案件很简单，一个与世无争的女人死了，她怎么死的？自杀还是谁杀害了她？为什么至今扑朔迷离？”

小安先生道：“郑先生问到根节上了。探究覃淑芳怎么遇害的，在于我们进行推理的过程，证明谁杀害了她，为时尚早，应归结于最后推理的结果；案件复杂性属于作案人的心理问题。以此案为例，作案人设置种种谜团引诱我们，证明他在行凶前深思熟虑，行凶后顾虑重重，表面目的像怕被暴露，保护自己身家性命；而深层心理则为惧怕名誉地位的丧失。”

“歪理，歪理，”郑淮海急赤白脸地反驳，“一个人杀了人，当然急于隐藏自己、逃脱罪责，哪还能顾及名誉地位的丧失！”

小安先生耐心解释：“现在简单分析一下：我们常见有的歹徒在光天化日之下当街杀人，他难道事先不想好隐藏自己、逃脱罪责？你会说是情不由己。不对，实际是他不存在后顾之忧。以覃淑芳被害案件为例，行凶者之所以想尽办法地设置破案障碍，他打算保护比生命更重要的东西，无非就是金钱、权位、感情、名誉。怕丢了这些东西的人，肯定属于有头有脸人物，非富即贵。所以，我断定此人官居高位或属社会名流，可据此查找。”

舅舅嘴含烟斗，默然点头。郑淮海再无他言，心底暗存狐疑，怎么看这位小安先生的推理像算命的瞎蒙。

小安先生自负地扫一圈众人，说道：“诸位不反对我的推理，我继续推断。覃淑芳究竟因何被杀？如果我们得知了动机，凶手已经显了原形站在面前。但有一点可断定，覃淑芳被杀在于必然性，而且刻不容缓。庆祝天津光复那天晚上，电匣子事先播送消息，2号院其他居民全出去庆祝看游行，利用如此短暂间隙作案，其迫切心情可见一斑。等韩保长返回大院仅仅一个多小时左右，在如此短时间内作案，把覃淑芳杀死，又伪装成自杀样子吊在三楼，需要冒多大风险，假如有人意外闯进院自然暴露行迹。我有三点推断：第一，覃淑芳早于全院外出前秘密遇害，藏在某人家中。第二，将尸体搬上三楼做好伪装，非一人所为，必有帮凶，院里暗存内应。第三，案发之后，秦先生剥茧抽丝逼近案件真相时，突然被抓进警察局，谁能动用警察？说明真凶的实力不可小觑。敝人浅见，让列位见笑了。”

舅舅带头鼓掌：“小安先生不必谦逊。尊驾层层剥茧、入情入理，秦某佩服之至。”舅舅举杯站起身，说：“我们一起举杯，敬安先生为破案指点迷津。”郑淮海、老七随声附和。

酒过三巡，郑淮海面色微红，说道：“日本已经降服，曾经为其当走狗的警察仍敢为非作歹，受人驱使阻碍破案、无缘无故抓秦先生。难道不怕日后惩办他们？”老七嘟囔道：“当狗当惯啦，狗性不改呀。一帮没脑子的货，上峰让怎么干，就乖乖听命，不顾伤天害理。”舅舅感叹道：“中国人骨子里的奴性一时半晌难以改变。骑在他们头上的掌权者说什么他们听什么，明知弥天大谎也当圣旨供着。心里信吗？不真信，假装信。即使受到凌辱也沉默着、忍耐着。此种奴性不可救药！”老七说：“没囊气、没血性，活着不如躺尸。按你们文化人说的：行尸走肉。”

欢迎宴过午方散。舅舅挽住小安先生的手，说：“日后侦案遇到艰难，还望鼎力相助。”小安答应得干脆：“敝人愿效犬马之劳。”

几人各自分开，舅舅挽住郑淮海，一同赶往源德公寓 1 号院看望母亲。

2

我姥姥对于儿子逃离囹圄并不怎么惊讶，她细细端详舅舅面容，说了句："瘦了点儿。"然后招呼温姨随她上二楼："他们研究正事儿，咱娘儿俩上楼歇着。"

舅舅嘴含烟斗，静等郑淮海发言。

郑淮海说："按照你的安排，我住进覃姨屋子。出殡之后，房间经过七婶和邻居帮忙打扫几番，任何可疑踪迹已不复存在。我仔细勘察，发现覃姨喝酒，而且酒瘾很大，床铺底下堆着不少酒瓶子，一般是两种酒：一种是红酒，'风帆'牌；另一种是'女儿红'。覃姨遇害那天饮了酒就不足为奇了。同时，大概她长期处于失眠、焦虑状态，化妆台抽屉里留有装安眠药的药瓶，里边尚有三片药。另外，华淑英把调查她姐姐过去邻居的材料给了我，我已经整理完毕，明天交你。目前我掌握的仅这些情况。"

舅舅沉思片刻，说道："淮海老弟，你暂时不要撤离 2 号院。苏洛娅刚刚搬走了嘛，你乘机住进去，寻查新线索。小安先生分析得对，覃淑芳被害时，尸体暂藏于大院内，我怀疑存在两种可能：在她自己家，或在某人家中。我认为极有可能在苏洛娅家。她家房子宽敞利于藏人，又临大院后胡同，后胡同又通向大街，行凶人进退便宜，不容易被发现。"

郑淮海似乎不愿意承认苏洛娅窝藏尸体，说道："苏诺娅小姐多么爱干净，不会答应血淋淋尸首藏于她家。我认为另有其人？陶婶的丈夫董锡贵最为可疑。"

舅舅说："我一时难以想象哪家藏得了。你先住进苏洛娅腾出的房间细查。我呢，蹲班房养足了精气神，开始行动了。"

郑淮海问："你准备从何处动手？"

舅舅沉吟道："在牢房黑暗中，促使我冥思苦想，捋清楚许多问题。现在关键疑点越来越清晰：

覃姨遇害前，曾被一辆轿车接走，那么她去会见谁？大概半小时后，覃姨独自乘胶皮车匆匆而归，她没见到约她的人？同时，那晚七婶招呼大院所有人出去参加游行，目的是否为行凶者留出作案时间？一个多小时后她先返回大院，发现了覃姨上吊，怎么这么巧？霞姑的儿子二虎在街角摆摊儿，他肯定瞅见陌生人混入大院，为何霞姑屡屡搪塞，不予承认？我赞成你的推断，‘一尺二’激愤时，说出他的继父董锡贵是杀人犯，董锡贵膀大腰圆，嗜钱如命，为了钱可能充当了杀人运尸的帮凶？

“弄清这几点，案情将会大白。另外，我从外围进行探访，一是寻找目击者；二是靠警局内部查出谁在幕后指挥他们；三是派老七撒下大网，追寻苏洛娅去向。老弟，看似寻常一桩谋杀案，无非一位无足轻重的女人遇害，背景则盘根错节。任重道远啊，你我分头行动，随时沟通情况。”

临近晌午，七婶在门前炒菜，胖脸上汗珠累累。

郑淮海若无其事地凑过去，说："女保长，你做饭呐？"

七婶用胳膊抹下汗水，嗔怪道："保长就保长，还女保长？咋的，女人不配当保长？"

郑淮海谄媚道："你乃女中豪杰、巾帼英雄。当保长比男人强。"

"悬啦，你把我捧成花木兰，"七婶很机灵，"说吧，有啥事儿求我？"

郑淮海说："覃姨那间屋子太鄙狭，我想换房。苏洛娅小姐搬走了，我住她空出的房子，你给疏通一下。"

她逞能地说："跟谁疏通，我说了算。告（诉）你呀，那间房子租金贵。"

郑淮海显出无奈的样子："贵便贵呗，房子大，便于我写作；守你家一楼住，也得照顾。"

"哼，文化人喜欢闻那屋子骚味儿。"七婶羞辱了一把郑淮海，干脆道，“待会儿我去 1 号院拿钥匙，晚上你搬进去。”

郑淮海道声谢谢。而七婶顾不上搭理他，将炒熟的菜端进家中。

拎一只皮箱，郑淮海从覃姨的房子搬到了苏诺娅住过的大房间，眼前情景令他顿生一股悲戚之感。仿佛美人卸妆变素颜，房间一片狼藉，唯留下破旧的沙发。他坐进沙发，嗅嗅残存的香水味儿，闭目回忆相伴苏洛娅温存的时光。一切逝去不复回。

遍地垃圾里横倒竖歪不少酒瓶子，有法国白兰地、苏格兰威士忌和苏俄伏特加，其中最多的是“50 号”红酒，曾在英法租借地上流社会很时兴。郑淮海发现里边掺杂一瓶国产“风帆”牌红酒瓶，同覃淑芳家的一模一样。他不禁浮想不久前此间不间断奢靡的欢场：留声机播放舞曲，俊男艳女相拥跳舞，饮酒调情，然后共度春梦……郑淮海又闭上眼睛。

与此同时，舅舅嘴含烟斗，坐在后胡同对面的鞋摊儿钉鞋掌。鞋摊儿师傅五十岁出头儿，花白短发，面色黧黑。他埋头钉鞋时不忘同舅舅搭讪："先生抽烟斗不出烟儿？"舅舅说："烟斗里不装烟丝。"鞋摊儿师傅道："您跟姜太公直勾钓鱼一样，意在别处。"舅舅笑道："对啦，老师傅。我向你扫听个事儿。"鞋摊儿师傅挥挥手中榔头，说："打住。从我这儿您扫听不出嘛来。老百姓常言：言多必失、祸从口出。您问我嘛，我照实说了，赶明儿准给我惹来是非。您不问，我不答，两厢平安。"

舅舅换一种方式，问："源德公寓住位唱评戏的演员覃淑芳，你听说过吗？"鞋摊儿师傅竖起大拇哥："名角呀，戏好！我常听她的戏。"舅舅说："她被人杀害了。一代名伶死得不清不楚，你是喜欢她的观众不惋惜吗？"鞋摊儿师傅长叹一声："好人不长命，祸害活千年。我心疼顶嘛用？"舅舅说："我负责侦探此案，你提供一些线索，也算冥冥之中帮了她，她在那头会感谢你的。”鞋摊儿师傅又叹：“得嘞，那我积点儿阴德。您问吧，我不言声，摇头不算，点头算。”

“老师傅，后胡同晚上是不是经常停轿车，进出不同的男人？”

点头。

“9 月 3 日那天晚上（也就是覃淑芳遇害那天）的七点钟左右，停辆别克轿车？”

摇头。

“警车？”

点头。

“下来几人？一人，二人，三人？”

鞋摊儿师傅用榔头敲三下。

“穿警服？”

摇头。

“穿便衣？”

点头。

“他们几点离开的？”

摇头。

“我猜大概十点、十点半……”鞋摊儿师傅开口道：“我每晚八点钟前收摊儿。”

舅舅感激地说：“谢谢啊！”

鞋摊儿师傅说：“您甭客气，我嘛都没对您讲。鞋修好了，您试试。”

舅舅蹬上皮鞋，转身走向玉清池澡堂子。

卖“大碗茶”的霞姑看到舅舅出现，骤然变了脸色：“我的秦少爷、大侦探呀，大碗茶您喝不惯，请便。”

舅舅强作欢颜，道：“干吗把我拒之千里之外？我爱喝你的大碗茶。”说着，掏出二分钱放桌上。

霞姑不收钱，更不倒水，央求道：“秦少爷，您行行好放过二虎吧，他真没瞧见不三不四的人进了大院。”

舅舅逼问道：“你到底怕谁？”

霞姑悄声说：“怕警察。‘黑狗子’多厉害，从小孩到大人哪个不怕？不分青红皂白把您都抓进去，我们娘儿俩说了不该说的，得把我的摊儿砸喽。我寡妇娘们儿靠卖水养活几个孩子，丢了摊儿喝西北风呀。民不和官斗，占理也白搭。这帮臭狗屎眼贼鼻子尖，比狗灵，您在摊儿上坐会儿，他们早盯上了。秦少爷，甭怪我轰您。赶紧的吧。”

舅舅被灰溜溜地驱离茶水摊儿。他不觉郁闷，反而暗自庆幸：听霞姑的弦外之音，他敏锐地印证了先前的推断——“黑狗子”们正是覃淑芳案的靶心，不算主凶也充当了帮凶。

3

七婶“啪啪啪”地拍门，吵醒蜷缩破沙发里酣睡的郑淮海。

“郑先生开门，我找你有公干。”七婶高腔大嗓地喊。

郑淮海打开门，揉着眼皮，问：“我睡觉呐。”

七婶冷笑道：“您的美梦做不成啦。上峰下令，命你立马搬出苏洛娅房间，另寻他处。”

郑淮海顿时火起：“凭什么？我花钱租房子，签了正式合约，平白无故地轰我走。哪个下的混账命令？”

七婶不紧不慢地说：“一区警察局。他们说苏洛娅租住时候，从事非法经营，查封这间屋子为作案现场。郑先生，您琢磨琢磨吧，苏洛娅卖屁股、打‘野鸡’，见天儿跟一群狗男人搞瞎巴，准让人告了，警察局严查她。”

郑淮海先吃惊，莫非苏洛娅被抓了？遂一转念，悟到：某些人怕自己从房间查找出不利于他们的证据，目的在于赶走他。于是，郑淮海冲七婶说：“我死活不搬，他们把我封里边也不搬！”说着，摔上房门，不再搭理七婶。

七婶急得直跺脚：“行，您拧。我找治你的人来。”

半小时后，七婶领来我姥姥。

七婶喊："秦奶奶见您。"

郑淮海不得不开门，我姥姥说："七婶执行公事，少难为她。你搬走吧。"

郑淮海为难道："我搬哪儿去哪？原先我住的覃姨的房子刚被新住户占了。"

我姥姥说："先住我 1 号院，等你租了新地方再说。"

郑淮海应道："我听您老的，但是天已这般光景，须待我收拾收拾，明早再搬也不迟。"

我姥姥心领神会，说："七婶呀，既然郑先生通情达理，咱容他明天腾房子？"

七婶很会讨好姥姥："您说了算。"

郑淮海理解姥姥留给他半天时间的用意，等姥姥和七婶离开之后，他反锁门，开始对房间一寸寸勘察起来，俨然像正儿八经的侦探。先从卧室、客厅巡查一遍，再分拣遍地垃圾，碎纸片、破瓶子、胭脂盒，凡是以为可疑物件全收进他的皮箱。几乎忙碌至深夜，他感觉不曾有任何遗漏，才躺沙发中睡熟。

次日太阳升起时，郑淮海拉着皮箱走出令他恋恋不舍的屋子。不久，七婶领两名警察给房间贴了封条。

我舅舅秦少明不在 1 号院，姥姥告诉郑淮海，我舅舅一早上去平安电影院看电影了，打招呼说晌午回来吃饭。

郑淮海嘟哝着："少明兄真行，竟有心思看早场电影。"

虽然平安影院播放一部外国片子，早场也没几个观众，老七很容易从黑暗中辨认出舅舅所在位置。

他坐到舅舅身畔，四顾无人，说道："我派人问了霞姑儿子二虎，他讲了实话。真如您断定的那样，覃淑芳停尸第二天夜里，他头上套个面袋，冒充鬼进去，找一个手绢包，顺便搜罗点儿零钱。

平时覃淑芳用他干活儿，藏钱的地界他知道。搜罗了毛八七的，刚要往外溜，听见七婶脚步声，吓坏了他，往外就跑，差点儿和七婶撞个满怀。”

舅舅问：“二虎发现了手绢包吗？包中藏着男人的照片？”

老七说：“我特意盯问他这事，二虎说没瞧见照片。”

舅舅又问：“覃淑芳上吊前，二虎瞧见陌生人进入源德公寓吗？”

老七说：“我吓唬二虎，他不敢对我隐瞒。那天晚上吃煎饼馃子的人多，排长队，他确实没留意。可有一点，过晌五点半钟，二虎在胡同口碰见覃淑芳自个儿坐胶皮车回来。二虎跟她打招呼，她不理，好像刚刚哭过，脸上化的妆都哭花了。”

舅舅叮嘱老七：“你找卖报的小五子，顺便问问他。另外，撒下你的弟兄找出 9 月 3 日晚上拉覃淑芳的车夫，他从哪儿接回了覃淑芳。同时查查源德公寓 2 号院陶婶丈夫董锡贵躲藏在哪儿？”

老七满口答应。

舅舅说："你先走吧，我再看会儿电影。"

老七撤身离开座位。

电影院散场后，舅舅径直踏进马路对面小人书铺。一股久违的墨香味儿扑面而来，他情不自禁地眯缝眼深嗅起来。

"大侦探，我猜着您准会找我！"舅舅睁开眼睛，发觉谷二姐凸显面前，嘴角浮出一种女人特有的狡黠。

舅舅问："我来早了还是来晚了？"

"您来得不早不晚，恰逢其时。"随着话音，谷二姐的丈夫谷达生从书架后面拄拐杖走出，"秦先生，请坐。"

坐下后，舅舅微笑道："看样子，你们希望我来？"

谷二姐说："盼望您到，又怕您来。"

舅舅略显诧异："此话怎讲？"

谷二姐说："我们俩口子见天儿嘀咕，估摸

您准找我们，又揪心您扫听的事儿。小老百姓胆子小。”

谷达生抢他媳妇面前，说：“我最反对事不关己高高挂起，越是无权无势的平民百姓，越要相互抱团、相互帮衬，一家遇难，你甩手站一边，你犯难时候呢，人家也晾你。照此下去，一团散沙，受人挨个欺负。”

舅舅赞叹道：“谷先生言之有理，我赞成！老百姓靠情义二字拧成一股绳，抵抗黑暗世道。”

谷二姐很听从她丈夫的，说：“你去盯柜台，我听秦先生吩咐。”

在书铺角落坐稳，舅舅问道：“你同覃姨关系最近？”

谷二姐答道：“是呢。您不知道哇，覃姨清高得很，凡人不理。大杂院那些娘们儿不和她交往，嫌她臭气。这样也好，她跟谁都没仇没怨。说大院有人害她，我压根儿不信。”

舅舅接着问：“覃淑芳曾经将手帕和一张照片

托你保管？”

“您知道嘛，大水退下之后覃姨又要了回去。她可拿它当宝贝啦，藏着掖着，从不让旁人见着。光我一人看过。”

“照片上男人长相如何？年纪多大？一般赠送照片都落款自己名字，你记得是什么名字？”

“那男的俊极了，二十五六岁的年纪，浓眉大眼、方脸庞，留分头，穿中山装。照片上写着钢笔字，右上角一溜字，左下角大概写的名字。可我不识字。哎，我认识数目字，写着 1936.2.14。”

“你可看清左下角的名字几个字？”

“俩字。没错儿，我记得清清楚楚。”

舅舅掏出钢笔，在报纸边缘写了工整的“佳羽”二字，问道：“像这俩字吗？”

谷二姐看了又看，摇头说：“不像。”

舅舅顿感失望，“手帕有何特别之处？”

谷二姐说：“女人用的手绢，绸子的，好看极了。覃姨说过，是那男的送她的，她在上面写了一首思念诗想给那男的看，后来两人断了音讯，没送出去。”

舅舅追问：“覃淑芳对你讲过，她某天在马路见一辆轿车中坐着那男人，仓促间会不会看走眼？”

谷二姐笃定地说：“我觉着不像看错人，从那以后覃姨情绪大变。”

“覃淑芳找过那男的？”

“她神经似的四处找，烦人托巧地找，还登报寻人呐。”

“他俩确实没再见着面？”

“大概其白忙乎一场，覃姨为此哭过几回。”

舅舅忽然调转话头，问道：“覃姨遇害那天下午，苏洛娅和林太太到她屋劝她。你俩关系好，怎么没去呢？”

谷二姐说：“我在小人书铺忙得昏头涨脑，晚饭前才听说。我连忙放下手里活儿，赶去源德公寓，在大院天井碰见覃姨，不等我开口，她说紧着出门见一位老乡。当时她的模样特别高兴，化了妆。除了上台演出，她平日里从不化妆。”

舅舅叼起烟斗，眸子闪出一丝亮光。

4

“按你所言，覃淑芳平素孤傲、凡人不理。与陶婶吵架那天，唯独苏洛娅、林太太相继去她家安慰，她们仨关系也应不错吧？”舅舅绕回头问。

谷二姐摇头否认：“覃姨、苏洛娅两人不对路，谈不上关系近。顶多算井水不犯河水吧。而林太太和覃姨呢，另有一番别人不知道的缘由……”

“由我来说，”谷达生拄着拐杖蹒跚而来，他对舅舅说，“秦先生，林太太一家可谓一门忠烈。她父亲林儒为校长，不愿为虎作伥，拒绝参加伪维持会庆祝活动，宁愿跳楼自戕，摔成残废，也不愿捧场日伪臭坏蛋。林太太的亲表妹林晨晓爱上林校长的学生孔耀先，二人私订终身，盟誓生死相守。林晨晓喜欢听评戏，最爱看覃淑芳饰演的《李香君》，一来二去成了覃淑芳的戏迷。覃淑芳也喜欢林晨晓，她俩结成知音。后来孔耀先赴前线抗日，不幸阵亡，年纪轻轻地牺牲在战场。林晨晓闻信后，三天不吃不喝，暗自决心殉情。她瞒着家人找到覃淑芳，将一封诀别信托覃淑芳交给林太太，转头就跳了海河……”

谷二姐抹着眼泪，说：“您问林太太怎么和覃姨关系好，大概因为她这个情种表妹……”

舅舅不由得鼻子发酸，他不曾料到大院的林太太竟有如此家族背景。

谷达生说：“虽然我们草民百姓上不了战场杀敌，每家都熬过八年的苦难日子，付出了牺牲——家被烧，人被杀，逃难挨饿，受尽小日本欺凌。可恨的是一些人良心丧尽，甘当日本鬼子的走狗汉奸，祸害同胞。他们个个都该杀！”

舅舅点头称是。

谷达生接着说："您问及覃淑芳与苏洛娅的关系，我碰见过一件事。大约覃淑芳死亡前几天，我送书进源德公寓，在胡同里见她俩争吵，苏洛娅气势汹汹，覃淑芳眼含泪水据理以争。大概忽然发现我在旁边，她俩若无其事地迅速分开。此小细节，不知对您可有帮助。"

舅舅紧紧握住谷达生的手，连称感谢。然后告辞走出小人书铺。

在珍泰公寓门前，舅舅被霞姑堵住。

她抓住舅舅衣袖不放，哭丧着脸央求："秦爷，您救救我们一家子啊！"

舅舅含笑道："您给我改辈儿变成'秦爷'啦，有事儿尽管讲，我受不住过分客气。"

霞姑忍不住抹眼泪："昨晚晌一帮'黑狗子'把我家煎饼馃子摊儿没收了，打了二虎。丢了煎饼馃子摊儿，我一家六口人还不愁死、饿死。您行行好，帮我说说情，讨回挣钱的家伙事。您当过局长，面子大，全指望您啦。”

舅舅吃惊地问：“究竟因为什么呀？”

霞姑气的泪水与唾沫横飞：“他们讲理吗？说你错你就错，说罚你就罚你。唉哟喂，昨个儿常局长带队把满大街摆摊儿的全轰跑喽，举着警棍赶呐。过去我们受小日本气，现在又受他们的气……”

舅舅瞧瞧腕上手表，痛快答应道：“行啦，霞姑。我陪你找他们说理去。”

霞姑这才止住了哭。

进了区警察局，迎面碰上常怀德。当舅舅目光同他相交那刻，常怀德的视线明显地弯曲了。

常怀德十分客气：“老局长大驾光临，有何指教？”转脸瞅见一旁霞姑，方恍然，“原来为她说情？”

舅舅并不客气：“警局查封市场，驱散摊贩，是否接到上峰命令？”

常怀德尴尬道：“目前尚无指令。老局长您应该理解，天津光复多日，政府大员将不日莅临，虽然用不着黄土铺街，但也须把治安卫生环境弄得像模像样，给上峰留下好印象，证明警局治理有方。”

舅舅冷笑：“常局长不光治理有方，替上峰想得周全。可你替百姓想过没有，以霞姑为例，她一家六口人全靠摆摊儿维持生活，你不让她干小买卖，等于断了她活路。”

常怀德辩解：“凡事以大局为重。眼下暂时停止摆摊儿，维护一方治安，兄弟实在勉为其难。等政府大员到来，局面稳定，让他们恢复经营也不迟。”

舅舅不愿多跟他废话：“常局长，你也算穷苦人出身，理应同情他们处境。好啦，请你卖我个面子，先把霞姑家的煎饼馃子车还她，我替她保证暂不出摊儿可否？”

常怀德倒也干脆：“既然老局长发话，我敢不从命？”随后，他命令警察将推车还给霞姑。

霞姑推着车，随舅舅走出来，依旧嘟囔不停：“秦先生，多亏您啦。那个姓常的局长怵您。‘黑狗子’混账极了，您不出面，他们得把车子劈了当柴火烧。您呐，不该许他们不叫我出摊儿，我吃嘛喝嘛呀！”

舅舅说：“清理摊贩是一区警局自作主张，其他区并不这样做。活人让尿憋死吗？你让二虎推车过南门外大街第十区摆摊儿，照样卖煎饼馃子挣钱。”

喜的霞姑拍一下舅舅肩头，说：“大侄子，你心眼真活泛。照你的法儿办。”

夜色散开，宛如厚厚的帷幕遮住天空，黑锅盖般压抑街巷。

二人行至源德公寓1号院分手。舅舅举步进院，忽然被霞姑唤住。她垂头愧疚地说：“秦少爷，几天来我心里头愧得慌，瞒了您一件要紧事。覃姨死的那天，二虎倒没见着外人进大院，可我闺女大梅瞅见了。晚上九点多钟，覃姨从后胡同出来，大概喝了酒，醉得不省人事，进了胡同旁一家叫居福楼的小菜馆，兴许为醒酒吧。大梅正好到后胡同外的公共茅房解手，无意间撞见的。先前我不敢跟您讲。”

舅舅不觉一怔：“只有覃淑芳一人吗？”

霞姑说：“大梅有一搭无一搭地扫了一眼，不光她自个儿，身边跟着俩男人，搀着她进了饭馆。”

舅舅拧眉沉思，喃喃自语：“居福楼？”

我姥姥预先知道舅舅回家吃晚饭，让温姨做了四菜一汤，用网篮罩着。舅舅进房间便嗅到香喷喷的菜味儿，坐下来狼吞虎咽。姥姥说：“由温姨陪你，我上楼歇会儿。”

舅舅乐于和温姨闲聊。温姨不识字，却颇具见地。舅舅问及苏洛娅为人时，温姨说：“苏洛娅呀，迫于生计也好，恶习难改也好，说不好听的她就是个高级妓女。她的摆场她的做派让大杂院人人看不惯。起初大伙疏远她，后来在七婶带领下群起攻之。苏洛娅并不是好欺负的，她把大院娘们儿的臭底子一一都揭发了出来，反咬她们一口。廖娘为她提供的细情。前些日子，廖娘犯疯病，赖上少爷您，纯属欲加之罪。苏洛娅利用廖娘送的刀子伤人，廖娘心里有鬼，受良心折腾，吃不安睡不稳，犯疯病迟早的事儿。”

舅舅接着提及覃姨遇害，温姨说：“覃姨心宽、性子柔，从不招谁惹谁，和源德公寓 2 号院的人走得不远不近，保持一定距离。若说大院里谁害她，打死我都不信。真想害覃姨的凶手在大院外。”

舅舅听姥姥说，温姨是戏迷，隔三岔五地去聚华剧场听评戏，最喜欢覃姨演的角色。舅舅问温姨：“你喜欢听覃姨哪出戏？”

一下子勾起温姨滔滔不绝：“哎呀，秦少爷。我最喜欢她演的那出《李香君》。覃姨扮演主角李香君，看一回我哭一回，她把李香君演活啦。您可知道这出戏的剧情？我给您白话白话——李香君是金陵名妓，爱上了落魄才子侯朝宗，两人真心相爱，可侯公子穷，没有银两为李香君赎身，更谈不上迎娶李香君。后来侯公子经朋友拿银两资助，才与李香君双双拜天地成婚。洞房花烛夜，侯公子送给李香君一把团扇，上面题写一首诗当作信物。戏在这留下伏笔。两人恩爱无比，发誓白头到老。该着出差头儿，李香君为人耿直，听说结婚用的银子是投靠奸臣的阮大钺送的，她立刻退了彩礼，不愿让侯公子接受坏人拉拢。这下子可得罪了阮大钺。小人得罪不起呀，阮大钺想法加害侯朝宗，吓得侯公子逃跑了。留下孤苦伶仃的李香君被阮大钺逼婚嫁予奸臣，她一心爱着侯公子，至死不从，以头撞墙，血溅团扇。从此她空守青楼，等待侯公子与她团聚。谁想到哇，后来明朝亡了，清军入关，侯朝宗当了清朝的官，回来寻找李香君。二人见面既惊又喜，可李香君得知她爱的侯公子已经变节投清，气恨交加，怒斥不义之人，又将染血的团扇抛于水中，骂走侯朝宗。这出戏又叫《桃花扇》，覃姨把一位风尘女人演

‘活’了，有胆识，有气节，我可喜欢看啦……”

两人聊得正热络，我姥姥慌里慌张奔进屋。她对舅舅说：“年岁大犯糊涂，忘了件大事。下午郑淮海来家等你，恰巧老七给你送字条。小郑看了，离开起身往外奔。我问他干吗去，他说按字条上地址找苏洛娅。”

舅舅将筷子往桌上一拍，叫道：“坏了，淮海危险！”

他饭也不吃了，穿衣朝外跑。姥姥嘱咐他：“带上家伙！”

舅舅拍了拍腰间手枪，刹那间消失了踪影。

5

舅舅终归来迟了，当他疾步登上交通旅馆二楼 207 房间，房门半开，屋内空无一人。他猛击额头，顿足失声道：“淮海老弟，我晚到一步。”

舅舅预感不妙，迅速环视一圈房间，被褥凌乱、茶几上半杯咖啡尚温，说明郑淮海、苏洛娅仓促离开不久，最可能被警察抓走了。他不宜久待，赶紧托人打听消息，将他们从警察局解救出来。

这时，楼道响起一阵纷乱脚步声，他欲躲避依然来不及了。门开处，旅馆茶房引领常怀德和几名警察闯进来。

冤家意外相遇，同时一愣，视线碰出火花。二人几乎同一时间脱口而出。

舅舅说："我找朋友。"

常怀德说："我照例巡查。"

少顷，双方沉静下来。常怀德依然客气的口吻："老局长，想不到在此地碰见您。巧遇呀。"

舅舅说："谈不上巧遇，兴许我俩要找的是同一个人。"

常怀德阴险而得意地笑着："真如老局长所言，您朋友失约了。苏洛娅今晚乘火车回哈尔滨

（他瞧瞧手表），哎呀，这会儿火车已经开出东站啦。挺遗憾呀。”

听他此番话，舅舅悬挂的心顿时落平，原来郑淮海并未被他们抓住，更没碰到苏洛娅。他们事先精心安排好了一切，给苏洛娅订了火车票，迫使她离开天津。覃淑芳案件中的重要证人便这么销声匿迹了。

舅舅平静地对常怀德说：“不遗憾。我走错了房间，我约的朋友大概在三楼 307 房间。”说着，他绕过常怀德一伙人，昂首走出 207 房间。

殊不知，不论自以为得计的常怀德，包括料事如神的舅舅全猜测错了。此时此刻，郑淮海相伴苏洛娅小姐正乘坐一辆洋马车，风驰电掣地奔向海边塘沽。

小说家富于想象，郑淮海拿到老七的字条，脑海浮现一片幻象的画面：苏洛娅小姐困守旅馆内，焦灼地来回踱步。旅馆外晃动便衣警察蹲守的身影，苏洛娅巴望来人救她逃离虎穴远走高飞。

基于如此想象，郑淮海搭辆胶皮车直奔交通饭店。他对此处熟门熟路，常与女读者“谈心”选择在交通饭店。他知道饭店有后门，藏匿在一条巷子里。所以郑淮海叫拉胶皮的停车街口，独自走进小巷，由后楼梯抵达二楼207房间前，轻轻叩响几下房门。

当然也存在郑淮海想象中相似画面：苏洛娅拉开门，发现郑淮海出现，愣怔瞬间便扑倒他怀中，哭诉起来：“Mr.郑，你终于来啦！”

老半天才安抚好苏洛娅情绪。郑淮海为她沏杯咖啡，说道：“此地凶险，我来救你。事不宜迟，赶紧离开危险境地。”

苏洛娅说：“他们给我订好火车票，待会儿去哈尔滨。”

郑淮海明知“他们”指谁，说道：“不可听他们安排，那样你将刚离虎口，又入狼窝。他们意在继续控制你。”

苏洛娅茫然无措："我怎么办呢？照你的意思我必须困死在饭店？"

郑淮海斩钉截铁地说："随我走，我们去一个安全而美好的地方。"

"哪儿？"

"塘沽，紧挨大海的地方，你曾经不是一直梦想见到大海吗？"

"亲爱的，我追随你奔向大海！"

郑淮海欣慰地笑着，说："塘沽是生我养我的家乡，那儿现留一所老宅。我带你到那儿暂避一时，待风声过去，再想何去何从。"

郑淮海思虑缜密。他对苏洛娅说："你我一同相伴出去不成，会引起门外'黑狗子'阻拦。我先由后楼梯溜出饭店，雇辆洋马车，在对面中国大戏院等你。你呢，穿戴齐整，拎着皮箱从正门大模大样出来，叫辆胶皮车，对车夫说去火车站。如此，自然不会引起便衣警察怀疑。然后，你暗中嘱咐车夫转道中国大戏院与我接头。我二人顺顺利利地奔向你的梦想之地。”

苏洛娅小姐再次拥抱郑淮海，“Mr.郑，你真聪敏又勇敢。”二人情不自禁地拥吻。

在夜色掩护下，苏洛娅顺利抵达中国大戏院，同郑淮海会合。二人钻进洋马车，朝塘沽方向飞驰而去。

第八章

1

塘沽——当地人俗称塘儿沽，当时一半属天津一半属宁河县（今宁河区）管辖。虽无市区繁华，却属临海宁静之地。道路纵横，树木成荫，老房新屋错落有致。海风从不远处吹来，带着海的气息和海的味道。

郑家老宅坐落在塘沽边缘，距海边很近，徒步走三里地大海便展现眼前。港湾停泊几艘打鱼船，海鸥吱吱叫着飞过头顶。远方一大片盐池，咸腥的空气不时飘散过来。意图缓解苏洛娅小姐紧张情绪，郑淮海一天带她来海边几趟。清晨，朝霞漫天，眺望渔船缓缓驶出港湾，行向远海；黄昏，落日渐渐沉入地平线。他俩并肩坐在岸边，聆听海浪起伏声，直至夜幕降临，繁星布满晴空。

郑淮海带着苏洛娅去了趟大沽口炮台，清朝遗留的旧炮台和炮筒遥指远海的大炮，郑淮海讲起昔日八国联军攻占炮台，清兵奋起反抗的故事。苏洛娅小姐若有所思："我纳闷呀，洋人大老远地跑来人生地不熟的，咱四万万中国人愣打不过那么点儿洋人？人人捣一拳，得把他们捣成肉泥，每人吐口唾沫也把他们统统淹死呢。"

郑淮海叹息道："大清朝从根儿上烂，朝廷腐败无能，倒行逆施，失掉了民心；军队里当官的吃军饷又贪生怕死。光靠兵勇们以血肉之躯抵挡洋人的枪林弹雨，怎不失败？"

苏洛娅怅然若失，久久无语。

总归，苏洛娅终归属于不安分女人，刚住了三天便待不下去了，守在老宅里寂寞难耐，咽不下顿顿咸鱼窝头的粗糙饭食，不由地怀念锦衣玉食的生活和饮酒欢舞的聚会。于是，她嚷着要去青岛寻她表姐。郑淮海知道留不住她，只好随她心愿。一天，郑淮海决定为她买船票，出门前，叮嘱苏洛娅在老宅歇着，千万别贸然外出闲逛。郑淮海自己奔向大沽码头买船票。

船票到手，郑淮海兴冲冲返回老宅，发现苏洛娅根本不在家。他惊出一身冷汗，询问邻居，邻居说他前脚离开，那位小姐后脚溜出门了。具体去哪儿了，不太知道。塘沽地面不大，但苏洛娅初来乍到路不熟，走丢了怎么办？郑淮海焦急万分，着急忙慌地四处寻觅。常去的海边、大街找遍了，终不见苏洛娅身影。转悠到黄昏，郑淮海沮丧地返回。打开房门，家中依旧空寂无人。

他忽然想，莫非苏洛娅故意支走自己，自作主张躲避起来？可她能躲哪儿呢？对，街边的小旅馆。郑淮海起身正欲到周边旅馆寻找，苏洛娅意外出现了，眼神迷离、身子摇晃、步履踉跄，手里举瓶红酒……郑淮海搀扶她进屋，关严门，指责道："不叫你瞎跑，你不听话，市面乱，跑丢了怎么好？"

苏洛娅仍有几分醉意，说道："我想啊，快离开你了，咱们俩搞个小小的分别聚餐。"

郑淮海怄气道："为了庆祝我们分离？你是多么盼望离开我啊！"

"不是呢，在你家多日不出门憋得慌，到外边透透风。请你原谅我，"苏洛娅歉意地说："出门转悠来转悠去，转到国际海员俱乐部。我进去一瞧，里头阔气极了，不少洋海员在饮酒作乐，他们见我漂亮，主动邀请我喝酒跳舞。盛情难却，我连续陪几人跳舞，喝了法国白兰地。可我怎能忘记你呢，亲爱的。我买瓶50号红酒赶回来。"

郑淮海蓦地想起什么，成心问她："50号红酒多贵，买瓶'风帆牌'红酒即可。"

苏洛娅努嘴，说："我从不喝'风帆牌'，又酸又涩。"

郑淮海探问："你搬离源德公寓后，我住进去，瞅见'风帆牌'红酒空瓶子。不是你喝剩的，难道另有他人？"

苏洛娅十分警觉，避而不答，故作打哈欠状，说："我困，上床眯一会儿。"

郑淮海心中苦涩而无奈，苏洛娅喜欢先前那种生活，随她去吧。强扭的瓜不甜，何况终非同路人，分手在所难免。

苏洛娅昏沉沉睡下。郑淮海乘机锁门，独自外出采买，筹办二人离别餐。他买了海螃蟹、对虾、海螺，又买了些菜蔬，回家后抓紧蒸煮烹炸炒。等苏洛娅苏醒，已至夜深。

苏洛娅并不急于就餐，仔细梳洗还化了妆，端坐郑淮海对面。郑淮海打开红酒，为各自茶杯斟满，负气开口道："祝我们好离好散！"

一句话说得苏洛娅泪眼汪汪。她掏出手帕揩

干泪水，言道："Mr.郑，你真是我真心爱的男人。自从第一面见到你，我不由愣住了，好像曾经见过你，思来想去似在梦中，梦了无数回。我幻想如果和你这样的男人爱在一起，活在一起，这辈子算没白来。可惜我不配你，沦落风尘多年，身子脏啦。虽然几次与你同床，事先我一遍遍洗身子，依旧觉着愧对你。我的名声臭……"说着，眼泪又涌满眼窝。

为了缓解气氛，郑淮海举起酒杯，说："让我们干了这杯酒。苏洛娅，我对你同样一见钟情。唉，天下哪有不散的宴席，唯有永远的怀念。"

苏洛娅随之饮尽红酒，说："我不傻，心里跟明镜似的。你接近我，喜欢上我算一方面，其实你另有目的——从我口中探听覃淑芳小姐的死因。我绝不会告诉你实情，那样会害了你，也害了我。你一个书呆子，斗不过有权有势的他们。"

郑淮海垂下头。沉默片刻，说道："苏洛娅，什么也不用讲了。明晨你将乘船去青岛，我二人以酒作别，盼望来生有幸再相遇。”

苏洛娅不喝，说：“良宵一刻值千金，何必轻易浪费？”她站起来，绕过桌子，牵住郑淮海的手，说，“我最后陪你一夜，好比牛郎织女天河配。但愿先生记住我……”

郑淮海懵懵懂懂随她入眠。

次日，郑淮海睡得很沉，醒来时天将中午。他发现苏洛娅不在身畔，瞧手表不禁懊悔不迭。此时苏洛娅已经登船远去。

桌子放一封厚厚的信，封皮上写明：郑淮海先生亲启。他颇觉奇怪，苏洛娅何时写下如此多的文字呢？莫非她熬夜所书？

2

舅舅戴副墨镜，跷着二郎腿坐在居福楼菜馆前厅，用目光四周逡巡一番。

跑堂的对这位踩着点儿进门的食客稍显不悦，

话带嘲讽："先生，您大概早点和晌午合一块儿吃？"舅舅不紧不慢地说："我不吃饭，订座儿。"跑堂的问："您订哪天、几时？"舅舅答："明天晚餐。我的朋友从苏州来，火车九点半到站。你们居福楼做的江南菜出名，特此招待朋友品尝。给我订晚上十点钟吧。"跑堂的挺牛气，说："对不起，先生，本店规矩：每晚九点钟打烊，过时不候。"舅舅傲慢地说："贵店看人下菜碟嘛，我亲眼所见晚上十一点钟尚有人到此用餐，难道我不可以吗？"跑堂的嫌他少见多怪："先生，您看岔了也罢，记错饭馆也罢，反正本店规矩不能破。只有我们东家招待亲朋好友时才拖堂。"说着，他凑近舅舅耳畔，悄声说，"您认识本店东家是哪位呀？警察局特务总队大名鼎鼎的勾大队长。"

舅舅摁下跑堂的，高高跷起大拇指，说声："厉害，我怕了。那我就另寻他处。"

跑堂的扯下肩头的毛巾抖了抖，道声："请便。"

舅舅暗暗念叨："勾大队长？喔，日伪警察局特务总队大队长勾贵祥，原来他开办了居福楼菜馆。”猛然间感觉肚子“咕咕”直叫，舅舅溜溜达达地朝什锦斋饭馆走，半路碰见老七。老七说：“我转悠几条马路才寻着您。”舅舅说：“赶早不如赶巧，咱俩吃饭去。”

点了几样菜，叫了两碗米饭，舅舅单独给老七要了一壶白酒。他慢吞吞吃饭，老七饮酒。

老七忙不迭地向舅舅汇报：“秦爷，您叫我扫听的事全办妥了：第一，大前天郑淮海先生和苏洛娅没被抓，他俩在中国大戏院碰面，然后坐一辆洋马车朝东南方向逃跑，落脚何处尚不得知。他俩目前很安全，您尽可放心。第二，经查大院陶婶的爷们儿董锡贵跟覃淑芳案子无关，9 月 3 日那天晚上，他既没出车，也没帮着搬运尸首。他同煤铺送煤的‘赛李逵’喝烂酒，俩人都醉了，呛吧起来，还动了手，被弄进派出所蹲了一宿。第三，覃淑芳遇害那天下午，五点多钟的时候确实被一辆轿车接走，拉到国民饭店待了半个小时工夫儿，她又跑出来，自个儿叫胶皮车返回源德公寓。我派人买通了国民饭店伙计，据他讲，覃淑芳和一位神秘人物见面，男的四十来岁，穿长衫、戴墨镜，看样子与覃淑芳挺熟，可他俩聊得不顺当。刚见面，覃淑芳就哭哭啼啼，不停地埋怨那男的。男的耐着性子劝，越劝覃淑芳哭得越厉害。末了，男的发火说了句嘛，覃淑芳掉头跑出饭店，‘呜呜’哭着上了胶皮车。拉胶皮的说她可怜极了，哭了一路。秦爷，就这些。”

舅舅说：“老七，真得谢你呀，一旦案子破了，你算立头功。”

老七抱拳，道：“老七不过混社会的小人物，多年承蒙秦爷抬举，理当尽心竭力。再者，秦爷您仗义，覃淑芳不过一寻常女戏子，无端遇害，既无亲人托付，又无官方委托，您不备艰险、出手相助，不惧遭坏人陷害。您才是当今英雄豪杰，老七打心里佩服之至。”

舅舅微笑道：“过奖啦，秦某无非尽职尽责而已，实不敢当。眼下，其他的你全先别管，替我盯住永安大街的居福楼饭馆，那儿藏污纳垢，与覃淑芳案大有干系。”

“好嘞，”老七酒足饭饱，一抹嘴头儿，答应道，“秦爷，我立马去办，您多保重。”

同老七分手后，舅舅折返侦探所，不禁忧虑起郑淮海的安危：好友究竟身在何处？是否脱离了危险？包括那位苏洛娅小姐，她可曾参与覃淑芳案件？参与多深多浅仍是个谜？她对郑淮海能讲真话吗？

风忽起，卷起马路尘沙。报童小五子沿街叫卖：“号外，号外！好消息！汪伪政府华北地区大汉奸头子翟忠国外逃被抓！号外，号外，好消息！”

舅舅唤住小五子，买了份报。报纸上大字题目映入眼帘：前汪伪华北政务委员兼华北绥靖军副总司令翟忠国深夜化妆潜逃，在宁河县境遭逮捕，现已羁押入监，以待审判。

舅舅的目光围绕翟忠国名字的三个字上面逗留许久，虽陌生，却似曾相识。“羽”“佳”合一起正巧构成“翟”字，莫非翟某是覃淑芳苦苦追寻的“佳羽哥”？事件进展变得越来越意味无穷了。

3

郑淮海从大沽南站登火车启程返津。

火车缓慢行驶，车轮铿锵作声。他无心欣赏沿途风光，又一遍细读苏洛娅留给他的信——

郑君：你好！我犹豫再三，决意离开你远走他乡。与君此别，恐成永诀！

亲爱的，请容我最后一次这样称呼你。我之所以不辞而别，实在不得已而为之。究其缘由，也为你从未信任过我。视我为风尘女子罢了。

你相信我是个孤儿，生下来就被父母丢弃而流落哈尔滨街头？你相信我被歹人拐卖到天津，

15 岁进入蓝扇子公寓那种魔窟当了舞女？你相信我先卖艺不卖身到后来被迫卖身不卖心吗？你相信我的心只对你一人真实过吗？可从你眼神中，我看得出你都不相信！

自古多情常被无情负。郑君，我并非怪你，一点怪你的意思也没有，只怪我命运多舛、生来卑贱。一个人走错路，可以改道另行；而一个人给自己人生印上标签，终身难改，一直戴着到死。你是小说家，我是卖笑女，本不属一路人，尽管萍水相逢、几度贪欢，对于你，逢场作戏而已；对于我，将享受一辈子。

郑君，我心里跟明镜似的——你接近我无非为了查清覃姨死亡的真相罢了。好吧，我现在满足你。

日本人强占天津的外国租借，蓝扇子公寓关门，我搬进源德公寓 2 号院。最初两年中，我和覃姨很疏远，俩人从未说过话，打头碰脸时也不招呼问候，真如形同陌路。当时，大杂院那些娘们儿个个跟喝了血酒一般，视我为死敌，败坏我、羞辱我，试图将我扫地出门。唯独覃姨没有参与其中，待我如不远不近的街坊，所以我隐约有些感激她。后来，我反戈一击，通过从廖娘口中探听的一切，利用种种方式揭露大院那些女人的臭底子，灭了她们气焰，我赢得了胜利。这些你全知道，我不啰唆了。那就单讲覃姨吧。

我的那些客人皆非寻常人物，统统在官面上混，他们当中有熟客，也有生人，借我的香巢聚会，相互拉关系，烦门托巧儿，商量秘密事宜。常去的一人为一区警局常局长，他这人很怪，光介绍客人来，自己不喝酒、不跳舞、不玩牌、不留宿，躲一旁嗑瓜子。我当他不过掮客而已，官场上拉皮条的。

常局长引来各色人物太多，我记不过来。其中一人印象深，因为转天覃姨找我探听过他，我才留意。那是 1943 年秋，一天雨后黄昏，常局长带个生客过来，那人大高个儿，三十八九岁模样，瓦刀脸，南方口音，穿中山服，戴墨镜。我陪他喝酒，常局长站旁边。那人自报家门姓翟，细问他作何公干，他笑而不答。后来听常局长说他刚从南京调来的，任华北政务委员会专员，兼着华北地区绥靖军大官儿。

我出门遛弯儿，覃姨追下楼喊住我，说昨晚我的客人她面熟，很像她的一位故交。接着又问男人姓甚名谁？现在干什么？我说这男的是新客，姓翟，其他一概不知。覃姨听了我的话，自言自语道："是他，是他！"然后覃姨挺害羞地恳求我，说此人是与她交情深厚的一位同乡，分散多年，如若他再来，请务必告知她一声。当时我痛快地答应下来。

哪承想，姓翟的大官儿一直不曾登门。两年后，就在覃姨意外死亡前一礼拜，他来了。大半夜的由常局长陪着不期而至，我已经睡下了，女用连忙把我唤醒。我梳洗打扮迎接。他这次没戴墨镜，长得挺英俊，事先喝了酒，醉意醺醺，常局长扶他坐沙发喝茶。他垂头不语，聊也聊不起来，过会儿他闭眼打瞌睡。常局长和我帮他搀上床，脱光衣服。常局长指令我陪他睡，我不敢不从。陪就陪呗，反正有人付钱。常局长躲外间屋站岗。姓常的真孙子，不光拉皮条，还管放风。

凌晨，翟大官儿醒了，见旁边一丝不挂的美人，禁不住动了色心，对我又抱又亲，急不可耐地想占有我。可他不行，尽管我帮他也枉然。两人弄一身臭汗事没干成。官儿做得大，可惜不算个完整男人。他也摇头长叹，说："多年提心吊胆曲意逢迎地混官场，竟混成了废人。"我纳闷，这是多大的官儿呀，手底下管着那么多大小官儿，连常大局长都鞍前马后地巴结他，用得着提心吊胆吗？

几天后，覃姨得知此事，她在胡同堵住我，没鼻子没脸地埋怨我，说我不守信用，把许她的事儿忘到脑后。边说边哭。我丈二和尚摸不着头脑，反问她我哪点做得不对，哪辜负了她。覃姨说："那位翟先生前日去过你那儿，为何事先不告诉我？”我说：“他来与不来，我压根儿不知道，哪能预先通知你？”覃姨越说越气，哭个不停：“你骗人！你明明不愿告诉我。我和他分别以来苦寻多年，好不容易在异乡相遇，被你错过了机会！”我更生气，这不是无理取闹嘛，便同覃姨撕吧起来。这时，小人书铺的谷先生进了大院，覃姨转头跑开。

说来也巧，当天晚上姓翟的大官再次光顾我家，从后胡同进来的。我不懂深浅，对他讲了覃姨想见他。姓翟的登时脸色大变，缓了会儿，说：“他乡遇故知，美事一桩啊。”随后请我告知覃姨第二天下午五点钟在国民餐厅相见。那晚他没待住，匆匆走了。我将消息通知覃姨，她喜极而泣，对我吐露真情，说她与姓翟的是初恋情人，几年前在上海相识，二人海誓山盟，永不相负。之后出了事儿，姓翟的突然失踪了，覃姨四处寻找，闻信他跑到天津，不知真假。覃姨随后紧追而来。几年来，她始终苦苦地追找翟某，今日终得音讯，所以喜不自胜。当时，我真心祝福她：愿你俩有情人终成眷属！哪料到，他们缘分已尽，久别重逢时竟成生离死别期。

约定他俩见面那天，中午发生一段不愉快的插曲：覃姨和陶婶吵了起来，气得她直哭。我去她家劝解，顺便叮嘱覃姨莫忘下午情人聚会。她情绪才缓和不少。下午覃姨几点去的国民饭店我不知晓。那天我犯懒，喝了安眠药睡下了。直到常局长带着姓翟的突然闯进来将我叫醒。翟某脸色严峻，一言不发；常怀德怒气冲冲，他以命令的口吻，要我请覃姨到家喝酒。我想问为什么？他怒斥我："少废话，按我的意思办。"我便叫女用去请。不大工夫儿，覃姨笑盈盈来了，手中拿瓶'风帆牌'红酒。当她瞧见那二人在，顿时欲离开，被常局长蛮横拦住。然后，常某把我推进卧室，关上门。

我待房间里，隔着门偷听，外边说话声一会儿高一会儿低，掺杂覃姨哭泣声。后来覃姨唱了一段越剧，像是醉唱，半截又无声了。大概十点多钟，常局长放我出来，我见覃姨醉得不轻，躺倒沙发里不省人事。常局长皮笑肉不笑地对我说："覃小姐醉了，我们带她到后胡同的居福楼醒酒，今儿个的事儿对任何人都不要讲，否则后果自负。"又进来一名便衣警察，搀扶覃姨离开我家。他们走后，我既困又乏，加上安眠药的作用，我倒头便睡。第二天，我便听闻覃姨自杀上吊的噩耗……如上所述，实为我亲眼所见的一切，无一句谎言。但愿对你们有所帮助。

郑君，今生你我再无相见机会，愿来世重相聚，那时我肯定是个干干净净的女人！

别了！苏丽英（我的真名）

郑淮海伤心欲绝，无声的眼泪滴在信纸上，模糊了字迹。

4

居福楼江南菜馆接到一位祁先生的点菜电话，点了四个炒菜、一壶酒，于中午十二点送到南市茶楼。居福楼东家曾充当伪职，风传已被监禁。菜馆无人问津，经营惨淡，人心惶惶。今天竟接受一笔大买卖，厨子抖擞精神，点火开灶，精心做了白袍虾仁、平桥豆腐、松鼠鳜鱼、蟹粉狮子头四个名菜，交付给伙计。伙计装进大漆食盒，拎着直奔南市茶楼。

茶馆静悄悄，大堂中央太师椅坐位穿敞怀拷纱褂子，腰围铜头儿宽腰硬子的大汉。伙计不由心发慌，不敢多言，说："菜送到。"大汉道："放地上。"伙计发蒙，以为听错了，好饭好菜搁地上干吗，找碗碟腾食盒啊？遂战兢兢道："您请付钱。"大汉不理会，说："把门关上。"伙计乖乖关严门，伸手要钱。大汉问道："你认识南市七爷嘛？"伙计蛮横惯了答道："我光认识钱。"话刚落音，大汉从椅子上跃起，给了伙计一脚掏膛腿，伙计登时摔出一丈远，四仰八叉倒地上，他连连哀求："好汉饶命，七爷饶命……"大汉说："我不是七爷，是他大徒弟。狗汉奸开的饭馆穷横惯啦，连跑堂儿也他妈的狗仗人势？今儿给你小子点儿厉害尝尝，明白自己个儿究竟吃几碗干饭。"

伙计一味地磕头求饶，生怕活着走不出茶馆。

大汉说道："听真喽。我问你答，敢胡吣一个字儿，我卸你身上一件东西，鼻子耳朵胳膊大腿随便挑。"

伙计惊吓得软成一摊泥："大爷您问，小的绝不敢瞎说八道。"

大汉："你见过警察局长常怀德吗？"

伙计："常见。他是居福楼东家的朋友，老来菜馆和东家喝酒。"

大汉："你听说过唱评戏的覃淑芳吗？"

伙计："不光听说，我见过一面呐。"

大汉（躬身逼近伙计）："9 月 3 日晚上，她和常局长一块儿到过你们菜馆吧？”

伙计（迟疑）：……大汉（从袖子里滑出一柄匕首）：“痛痛快快讲，它有时不听老子的。”

伙计：“对对。常局长、覃小姐，另有一位高个儿戴墨镜先生和一名警察。”

大汉：“饭一口一口吃，话一句一句讲，从头至尾详细说。”

伙计：“9 月 3 日晚上，菜馆冷清得很，只有两拨客人。大概十点来钟，掌柜的正招呼我们关门打烊，忽然进来他们几人，覃小姐像喝醉了酒，口吐白沫，昏迷不醒。戴墨镜那位先生训常局长下手太狠，药下太多了。常局长有经验，把覃小姐平放砖地上，又是窝吧大腿，又是掐人中。忙乎半天，覃小姐像死人一样。戴墨镜的先生又气又急，破口大骂。常局长赶紧把菜馆伙计全轰进了厨房，再一会儿他们干吗就不知道了。过了一个多小时，前厅出现我们东家的说话声，几人呛吧老半天。后来没声儿了。东家放伙计们出来的时候，那些人散得一干二净。东家吓唬我们说：‘想活命，今晚儿的事儿对外人一个字儿不许提，跟家里媳妇、爹妈也不许提。’末了，发大伙每人三块大洋封口费……没别的了。”

大汉（似乎挺满意）：“你小子够意思，大爷赏你五块钱：两块菜钱，另外三块钱算封口费。管住嘴，少自找倒霉。”

伙计：“小的谢大爷！刚才我只送菜，其他的嘛都没发生。”

说罢，伙计逃命似的跑了。

老七自后间屋走出来，他听了满耳，用手指捅捅徒弟，以示赞赏。

此刻，舅舅伫立侦探所窗边，嘴含着烟斗，他在等三个人。

书桌放了份晨报，头题字迹格外醒目：汪逆汉奸翟忠国越狱潜逃自寻死路 警察连夜追踪当场将其猎杀。

舅舅反复看了好几遍新闻，顿感事出蹊跷：像翟忠国这种华北地区大汉奸，羁押期间必定由警员严加看守，怎么让他顺利外逃？不言而喻，肯定警察局内部的奸细将他偷偷释放，可这警局内部又是谁通敌呢？翟忠国孤身一人仓皇逃亡，既无枪械，更无接应，追捕警察抓回交差即可，为什么当场要枪杀他呢？

种种疑问萦绕脑海，舅舅察觉其中大有文章。

第一位到来的竟是警长孙春英，他敲敲房门，习惯性喊声："报告。"

舅舅笑着说："进来吧。又不是在警察局，哪那么多规矩。"

孙春英对舅舅找他的用意心知肚明，但他仍恭敬地问："老局长，急着叫属下有何吩咐？"

舅舅指指桌上报纸，问："昨晚，你参加抓捕行动了？"

孙春英点头，算是回答。

舅舅让他坐下，说："讲讲经过，一点儿别

遗漏。”

孙春英说：“昨天常局长命令全员值班。十一点刚过，负责看守翟忠国的看守急报，说翟忠国撬开窗户跑了！常局长带队驾车沿路追寻，在南郊附近发现的他，我们立马围堵上去。常局长喝令他束手就擒，翟忠国却冷笑，说：‘逮我回去审判吗？回去也是死，不如现在给我来个痛快。’常局长劝他：‘你到底死不死，我说了不算，需经法院按法律审理。再说了，好死不如赖活着，多活一日也算赚的。’翟忠国狞笑：‘我何苦受尽折磨再了结此生？’他话音刚落，猛地扑上前抢夺常局长手枪。常局长连发三枪，将他当场击毙。老局长，事情经过大致如此。”

舅舅沉吟片刻，喃喃道：“演的好一出《捉放曹》啊。”

孙春英无意久留，讲完追杀翟忠国的经过便急促离去。

5

第二位来者是苏洛娅的女用，怯生生地站门边不肯坐。舅舅最想等她。

苏洛娅搬离源德公寓后，女用随即被辞退，衣食无着。热心的姥姥把她介绍给一家富户当用人。舅舅招她来，打算进一步询问覃淑芳遇害那天她亲眼所见的情景。

女用说："那天晚上七八点钟模样，常局长领着翟先生闯进主人家，我连忙叫醒睡懒觉的苏小姐。翟先生冲常局长努努嘴，常局长让苏小姐立刻请覃姨过来。苏小姐让我去请的。

我进到覃家，覃姨好像自己正生闷气。我跟她说苏小姐请她喝酒、聊天。覃姨并没往歪处想，拿瓶红酒随我绕后胡同进了主人家。当她进了屋子瞅见还有翟先生在场，脸色变得煞白，狠狠地瞪了苏小姐一眼，转身便走。常局长一把拦住，说：'覃小姐，老友多年未见，久别重逢啊，借此机会叙叙旧。’覃姨使劲儿挣脱，弄不过常局长，被摁在椅子里，和翟先生面对面坐。

常局长叫苏小姐回卧室，外边由我盯着，好伺候他们呀。沏茶、倒水、端菜、上饭。覃姨拎来的那瓶红酒由常局长亲自背身打开，好像偷摸摸地往一只酒杯放了嘛东西。”

舅舅问：“是药面吗？”女用答：“我没看清楚。”常局长斟两杯酒放在覃姨和翟先生各自跟前。覃姨不动窝，常局长拿酒杯送她嘴边，说：“你们二位碰个杯，算言归于好吧。”覃姨推脱不过，赌气饮了酒，翟先生同样一饮而尽。翟先生开口说话：“淑芳，下午在国民饭店，话不投机，你负气而别，何苦呐？六年多来，我想你、盼你，至今未婚。指望有朝一日能与你相逢，重续旧缘啊。苍天有眼，给我这千载难逢的机会，正好兑现我俩曾经许下的海誓山盟。你不该怨我、骂我，拒我于千里之外。

“覃姨止不住流眼泪，真像戏文写的那样——

泪如泉涌。她抽噎着说：‘我从上海追你到天津，守着清贫和磨难苦等六载，盼星星、盼月亮，可我盼到的人已绝非从前我爱的那个人了。

“翟先生说：‘我仍然是当年爱你的翟忠国，唯一的变化或许苍老了些……’覃姨高声说：‘不对！那时我爱你忠义、勇敢、敢担当。冒生命危险收集日本鬼子情报，派我递送。如今你却变节成了叛徒，是寡廉鲜耻的狗汉奸。我替你不值！’

“翟先生半晌不吱声，隔一会儿才说：‘淑芳啊，六年前由于上海站同仁叛变出卖，我被抓进上海极斯菲尔路76号敌人特工总部，遭尽酷刑和威逼利诱，我准备杀身成仁、以身殉国。当他们做出枪决我命令时，我退缩了。因为我头一个想到你，假如我失去生命，就再也见不到你啦！于是我选择了曲线救国之路，名义上归顺他们，暗地里等待国家光复，而且能与你见着面……覃姨打断他，怒火冲天地说：‘你骗人的鬼话糊弄谁，三岁孩子都糊弄不了。翟忠国，你以前常去戏园子听我演全本《桃花扇》，今天此时此刻正是那出戏的重现：我好比李香君。你好比侯朝宗，久别重逢时已是物是人非，痴情女子仍痴情，而须眉男子却卖国叛敌。真应了戏中的唱词，当年真是戏，今年戏如真，两度旁观者，天留冷眼人。你若期待我俩和好如初，就该去坦白、服罪。即便被判入狱，我也会等你……'说着话，覃姨迷糊起来，说头晕。翟忠国关心地问：'淑芳，你醉了？'覃姨推开他，摇摇晃晃地唱起一段越剧《桃花扇》——

侯公子呀，太可怜，你竟已将气节变。

扪心自问应惭愧，何必花言巧语辩。

恨只恨香君将人来错认，作茧自缚误红颜；

悔不该媚香院中情切切，悔不该秦淮河畔意绵绵。

我以为你是才高八斗奇男子，

我以为你是满腹文章美少年，

故而我委身相从佳公子，愿做鸳鸯不羡仙。

谁知你认贼作父去降敌，投身求荣图贵显。

我为你一片痴情守贞洁，你竟然奴颜婢膝附权奸。

真使香君心已碎，肝肠寸断无从言。

人各有志难勉强，劝君速去莫留念。

今日芳魂渺渺从此辞，可叹我遗恨绵绵到九天……唱一半，覃姨突然昏倒在地毯上。几人把她扶上沙发。末了，翟先生还说：‘淑芳啊，我早已无回头路啦。’

“这会儿，覃姨口吐白沫，昏迷不醒。翟先生转脸冲常局长发火，说：‘你给她下药下多了！’常局长说了句：‘一不做二不休，留着她必坏咱们大事！’

“听到外间屋骚动，苏洛娅从卧室奔出来，吓得浑身发抖。常局长说：‘对于今晚的事儿，你们不可对外讲，否则后果自负！’说完，常局长他们把昏迷的覃姨抬走，去了哪儿不知。”

女用一口气讲述了她所见的情形。

女用离开不久，舅舅等候的第三人——郑淮

海风尘仆仆地踏入侦探所。俩人当即紧紧拥抱在一起。

舅舅挥拳捶郑淮海的胸膛，说：“老弟，我以为再也见不着你了！”

郑淮海调皮一笑：“我命大，逢凶化吉。最重要一点——我今生桃花开得正旺呐。”

两人闹了一阵，郑淮海将苏洛娅那封信交给舅舅。

看过信，舅舅说：“此信至关重要，它连接成覃淑芳案最后的链条。真是出乎意料哇，我们先前的推断都错了！”

郑淮海面带伤感：“我琢磨不透。我们的老同学杀人的目的究竟为何？”

舅舅长吐口气，道：“恐怕只可从人性的角度深究。”

郑淮海低头琢磨：“我心存两点迷惑不解之处：第一，中学同窗三年，我对他多少有些了解。他貌似忠厚老实，人笨嘴拙，而心野意狂，但我实在想不出他设计出这么狡猾凶残之计？”

舅舅答：“外表忠厚不过伪装而已，掩饰内心埋藏已久的奸险。”

郑淮海问：“第二，他自卑可怜，特别爱哭。我记得上中学时，学习成绩落后，他哭；女生瞧不起他，他哭；你把他调出庆云戏院不卖票了，他当我面感激得痛哭流涕。如此卑微之人，为什么做出如此胆大妄为之事？”

舅舅答：“从前的自卑是他鄙视卑微的地位，现在身份变了，本性中潜藏的恶便爆发出来。”

郑淮海问：“我承认人会变化的。但覃淑芳与他无冤无仇，他对覃淑芳下手如此无情和毒辣，又是为何？”

舅舅答：“原因很简单，覃淑芳无意中妨碍了他，成了他的绊脚石。”

沉默。郑淮海咂摸着舅舅话中的含义。

末了，郑淮海望着舅舅，问：“现在证据在握、铁证如山，你准备向市局检举他？”

舅舅含着烟斗，说："我在考虑……"然后，又补充道："我打算约他出来谈谈。"

郑淮海疑虑道："他肯出来见你？"

舅舅摇摇头。

晚霞尚未燃尽，月牙儿急不可耐地冒出来，在浅蓝色半边天若隐若现。

我舅舅倚靠万国桥畔栏杆，凝望海河水悠然流淌。河水浸染霞光，映红舅舅脸庞。老同学常怀德紧挨他身边，一副心事重重样子。

他们二人将开始一场无法预料结果的谈话。

舅舅似乎陷入回忆，说："怀德，上中学那阵，你、我，还有郑淮海，我们仨经常来海河边玩儿。郑淮海和我下河游泳，你胆小，坐岸边看管我俩衣裳。"

"我从小时候怕水。水深不可测，比死更令人惧怕。"常怀德说，边偷窥舅舅的神色。

"小时候多美好啊，"舅舅感慨道，"除了上学便是玩儿，无忧无虑的，多单纯啊。长大了，随着命运变幻莫测，人也变得复杂起来。”

常怀德顺势侃侃而谈：“少明兄，我家比不了你家。我父亲早逝，母亲靠‘缝穷（帮别人缝补衣服）’拉扯我长大。捡煤核儿、拾垃圾的活儿我全干过。费劲巴拉地混进中学，家里穷，毕业后急着挣钱填补家用，被人介绍到庆云戏院卖票。常常感激你把我弄到警察局，一个卖票的成了薪水很高的警察，地位变了，身份变了，耀祖光宗啊。”

舅舅没搭腔，说：“怀德，咱们不绕弯儿，言归正传吧。”

刹那间，常怀德惶恐起来。

舅舅严厉地对他说：“你千不该万不该，不该杀害覃淑芳。”

常怀德早有防备，说道：“少明兄，你言重啦。我与覃淑芳并不相识，干吗要杀她？嗨，自恨遇人不淑，中了翟忠国那臭汉奸的圈套，受其驱使，帮其隐瞒罪恶。充其量算渎职。我也是懊悔不迭！”

舅舅知他不肯轻易认怂服输，接着说：“小时候。你貌似拙笨，但心思缜密。常言道‘智者千虑，难免一失’，‘法网恢恢，疏而不漏’。你自以为布局似天衣无缝，没有任何破绽，其实你难免一失，覃淑芳的一只红绣鞋不慎遗留后胡同，使所谓的‘自杀’露出破绽；再就是，霞姑的大女儿上公厕，发现你们带着喝了毒酒的覃淑芳进入居福楼菜馆，天意如此啊……”

闻言，常怀德脸色惊变，但他故作镇定：“扯天边去啦，居福楼在哪儿，与我何干？与案件何干？我从不到饭馆吃饭。”

舅舅说：“你呀心服嘴硬。听我一五一十道来，让你心服口服。我承认你和覃淑芳素无瓜葛，更不曾想到杀她。但翟忠国从南方调天津任华北专员，你一心想高攀翟专员，便把他介绍给苏洛娅。可恰巧覃淑芳也住在源德公寓，而且意外地见到了翟忠国。旧情人离别多年，覃淑芳望眼欲穿，终现重逢机会，她怎肯放过，逼着苏洛娅引见翟忠国。恰恰成为翟某最不情愿又惧怕的相逢。

帮你补补他二人历史：翟忠国原为国民党上海站特工，承担为抗日搜集日本人情报任务，覃淑芳成为他的发展对象，替他输送情报。1942年，翟忠国由于叛徒出卖，被抓进汪伪特务机关，遂和覃淑芳断了联系。翟忠国经不住酷刑投敌叛国，摇身一变，成了华北伪政权要员。

当苏洛娅告知翟忠国，覃淑芳也在源德公寓，又无意间发现了他，并且急于与他相见时，翟忠国惊慌失措，避而不见。1945年抗战胜利，全国光复，曾经出卖同党的叛徒必将受到最严厉惩罚。翟忠国担心覃淑芳情急之下揭发他那段脏历史，无奈和覃淑芳匆匆见面，假借再续旧情，想堵住她的嘴。殊不知，覃淑芳性格倔强，自比李香君；恨挚爱的情人成了出卖同志背叛国家民族的现代‘侯朝宗’，于是，上演了一幕《桃花扇》。这样，翟忠国对覃淑芳便起了杀心。

翟忠国将此意密告于你。你不思覃淑芳的无

辜，不问青红皂白，便开始设计谋杀覃淑芳。让苏洛娅约她过来，之后你偷偷往红酒里下毒药信石粉，造成覃淑芳中毒身亡。当时大杂院人多嘴杂，为设置她自杀情景，先将尸体搬移居福楼菜馆躲避，菜馆老板是你的同谋，此人曾在敌伪机关任特务队长。你们商量如何掩人耳目、处理尸体。等大院人们出去庆祝抗战胜利游行，你们几人忙不迭地将已经死亡的覃淑芳弄到大院三楼悬挂，造成覃淑芳上吊自杀的假象。

你配合翟忠国机关算尽，自以为神不知鬼不觉，然后你命令警局以意外自杀结案。我介入调查，你设置了种种障碍予以阻挠，把我引入一个个谜团。可惜啊，‘机关算尽太聪明，反误了卿卿性命’。翟忠国被捕，乱了你的阵脚。一旦翟忠国坦白罪行，你势必受到牵连，难逃厄运。接着你导演了一场‘捉放曹’，偷偷放出翟忠国，又带人追捕，当场将其毙杀。以‘杀人灭口’为结局，企图逃避制裁……我讲的这些事实真相，实属你亲身经历的吧？”

常怀德始终谛听，随后发出古怪的笑声，说：“少明兄，您费尽心思编造一套故事陷害我。证据呢？！比如毒药信石粉是控制药品，购买时药房须进行登记。您可以查，药房根本无我的登记。您从警多年，应该知道无证据，一切推断都白搭。”

舅舅耐心地释疑：“你自以为做得天衣无缝？你确实没在药房买信石粉，那是小程子买的，买了两次，头一次被你没收了。小程子已经如实坦白了。”

常怀德气哼哼地说：“无稽之谈！”

舅舅显得十分失望：“怀德呀，你我曾为发小儿、好兄弟，干吗要陷害你？我不愿相信一切是真的。但经过从苏洛娅家搜出‘风帆牌’红酒，查到瓶中残存的酒液含信石成分、苏洛娅女用和居福楼伙计的供述，以及帮助运尸的警员交代，我已掌握了足够的证据。铁证如山，你罪责难逃啊！”

沉默。

常怀德缄默良久，随口问道：“少明兄，你打算用编造的证据举报我？”

我舅舅坦言：“我仍在犹豫。希望你主动坦白自首，或许能免死刑……”

常怀德说：“感谢少明兄的指教。人言：好死不如赖活着。苟活有嘛意思呢，过去的名誉、地位、尊贵统统化为乌有，在监狱大墙里度残生……呵呵，好主意呀……”他边说边甩开舅舅，朝相反方向慢慢走去，一步步踏上万国桥。

舅舅痛苦地长吁口气，扭身欲走开，突然背后响起“扑通”一声巨响。舅舅急促转身，发现万国桥上已无常怀德的踪影，桥下河水激起高高的水花。

海河岸边，一对夫妇目睹常怀德跳河自尽。他们望着常怀德在河水挣扎几下，慢慢沉了下去，终于满意地离开。男人架副拐，女人一旁搀扶他，缓缓地走向舅舅。

舅舅说：“想不到你们在。”

谷先生说：“我希望亲眼看到恶人的下场。”

舅舅转向谷二姐，说：“至今我尚有一个细节不明：出事那晚，覃淑芳所穿的红绣鞋为何一只留在天井，一只丢在后胡同呢？”

谷二姐不假思索地说：“我干的。我了解覃姨，她咋能平白无故自杀？当我随大院的人庆祝光复日回院里，发现覃姨上吊了，两只红绣鞋落天井。心里猜想覃姨被歹人所害，为了引起警察的注意，我趁天黑把其中一只鞋踢到后胡同。哪承想啊，警察不当回事。”

舅舅说：“他们欲盖弥彰，嫁祸于覃淑芳本人。常言道：人在做，天在看，多行不义必自毙，终将难逃正义的惩罚！”

夜幕“呼啦”一下子降临，星光满天。

2022 年 7 月 21 日初稿

2022 年 8 月 26 修改

2023 年 3 月二稿

图书在版编目（CIP）数据

长长的秘密：源德公寓疑案 / 吕舒怀著 . -- 北京：华龄出版社，2023.10

ISBN 978-7-5169-2618-5

Ⅰ . ①长… Ⅱ . ①吕… Ⅲ . ①长篇小说—中国—当代 Ⅳ . ① I247.5

中国国家版本馆 CIP 数据核字（2023）第 191492 号

长长的秘密：源德公寓疑案

作　　者　吕舒怀
责任编辑　高志红　唐嘉唯
责任印制　李未圻
策划监制　小马 BOOK
内文制作　刘龄蔓

出版发行　华龄出版社 HUALING PRESS
社址　北京市东城区安定门外大街甲 57 号
邮编　100011
发行　010-58122255
传真　010-84049572
承印　定州启航印刷有限公司
版次　2023 年 11 月第 1 版
印次　2023 年 11 月第 1 次印刷
规格　787mm × 1092mm
开本　1/32
印张　9.75
字数　120 千字
书号　ISBN 978-7-5169-2618-5
定价　49.80 元